Vorwort

„Tagebuch eines Taugenichts" plus Fragezeichen – ohne
Fragezeichen taugte der Titel wirklich nicht. Denn erstens kann
ich nicht Joseph von Eichendorffs Roman „Aus dem Tagebuch
eines Taugenichts" Konkurrenz machen. Und zweitens: Ich war
zwar kein Musterknabe, aber so schlimm war es nun auch
wieder nicht!
Mit der letzteren Feststellung will ich sagen, dass meine kleinen
Erzählungen wenig Dramatisches, nicht einmal
Außergewöhnliches enthalten, und somit kann sich „der
geneigte Leser" (wie man so sagt) durchaus manchmal selbst
wiederfinden, weil er Vergleichbares erlebt haben mag.
Für Bonner etwa meines Alters kann ein zusätzlicher Reiz in
Erwähnungen Bonner Straßen, Plätze und Einrichtungen liegen.
Jedenfalls hoffe ich es!
Die Abfolge der Geschichten ist nicht streng chronologisch. Bei
so weit zurückliegenden Ereignissen kann ich häufig nicht mehr
sagen, was ich vorher, was ich nachher erlebt habe. Lediglich
drei wichtige Abschnittsgrenzen erlauben eine grobe zeitliche
Gliederung: die Einschulung, der Übergang ins Gymnasium, das
Kriegsende. Und da, am Kriegsende, spielen auch die letzten
Geschichten dieses Bändchens, 1945/1946.
Ich hoffe, dass meine Erzählungen das eine oder andere
Schmunzeln bei den Lesern und Leserinnen auslösen bzw.
eigene Erinnerungsanstöße bringen. Oder bescheidener: dass es
überhaupt Leser und Leserinnen geben wird.

Bonn, Winter 2001/2002
Paul-Josef Breuer

Herstellung und Verlag:
Books on Demand GmbH, Norderstedt
ISBN 978-3-8391-8551-3

Mein erster Arztbesuch – oder:
Anämie? – meine Schwester!

Ich war ungefähr fünf Jahre alt. Meine Mutter machte sich große
Sorgen, weil ich so blass war. „Blutarmut" lautete ihr, natürlich
nicht medizinisch-fundiertes, Urteil. Um der Sache auf den
Grund zu gehen, ging sie mit mir zum Arzt.
„Zum Doktor", sagte man damals, offenbar kannte man
Doktoren anderer Fachrichtungen nicht. Kein Wunder: mit
Juristen hatte man – Gott sei Dank! – nichts zu tun, und
Vertretern anderer Wissenschaften begegneten einfache Leute
nicht.
„Zum Doktor" war aber noch enger gefasst als gerade
beschrieben. „Der Doktor" – das war für uns Dr. Clemens. Es
gab wohl damals, in den Dreißiger Jahren, nur wenige Ärzte –
nicht wie heute, wo es von Ärzten aller Spezialrichtungen nur so
wimmelt. „Unser Doktor", das war jedem in unserer Gegend
klar, war jener Dr. Clemens.
Dr. Clemens' wohnte in einem Haus, das auf den
ersten Blick schon etwas Besonderes war. Keines der hier
üblichen Mietshäuser, sondern ein Einfamilienhaus.
Das allein nötigte schon Respekt ab. Hinzu kam, dass im
Vorgarten dieses Hauses (Kölnstraße 112 oder 114, wenn ich
mich recht erinnere) eine lebensgroße Steinskulptur stand, die
den Kreuz tragenden Christus darstellte. Leider ist sie im Krieg
zerstört worden.
War mein erster Besuch „beim Doktor" ohnehin schon etwas
Besonderes, so steigerten die geschilderten Umstände meine
Aufregung noch, vielleicht auch die meiner Mutter.
Aber Dr. Clemens` ruhige, freundliche Art ließ meine
Aufregung schnell verschwinden, nur eine neugierige Spannung,
was der Doktor wohl mit mir machen würde, blieb.

Er stellte verschiedene Untersuchungen an, an die ich mich im Detail heute nicht mehr erinnern kann.

Zum Ende der Behandlung schrieb der Doktor ein paar Zeilen in das Behandlungsblatt.

Ich stand dicht neben ihm und schaute ihm interessiert zu. Da sah ich, dass er „Anämie" eintrug. Ich war zwar noch kein Schulkind, aber wie das häufig so ist, kann ein Fünfjähriger schon das eine oder andere Wort „lesen", d.h. ich konnte es an bestimmten Buchstabensignalen erraten.

Nun muss man wissen, dass meine Schwester Annemie heißt. Als ich die Eintragung des Arztes mit der Diagnose Anämie „las", protestierte ich und sagte: „Nein, Herr Doktor, das stimmt nicht!" Der Doktor war eher belustigt als erstaunt, und meinte: „Sieh an, sieh an! Der junge Mann kann nicht nur schon lesen, er hat auch Medizin studiert! Was soll ich denn deiner Meinung nach schreiben?"

„Paul-Josef – Annemie ist meine Schwester." Dr. Clemens musste herzlich lachen und schrieb mit fester Schrift „Paul-Josef" so auf das Blatt, dass ich es sehen konnte.

So endete mein erster Arztbesuch in freundlichem Einverständnis von Arzt und Patient.

Die Dampfwalze – Traum meiner Kindheit (I)

Nichts faszinierte mich als Fünfjährigen mehr als eine
Dampfwalze. Diese Kombination von Größe, Kraft, Technik,
dieses Ungeheuer aus Eisen und platt walzender Konsequenz!
Heute haben die Kinder Flugzeuge als Bewunderungsobjekte,
Sportwagen, Rennautos, Handys und Computer. Für uns gab es
das alles noch nicht. Die einzige Begegnung mit Kraft und
Technik, die ich haben konnte, war die Dampfwalze.
Und plötzlich war sie da, vor meinen Augen, eine ganze Woche
lang. Die Wilhelmstraße wurde asphaltiert, und die Königin in
diesem Arbeitsprozess war die Dampfwalze.
Wunderbar, wie sie das von den Arbeitern ausgebreitete Teer-
Split-Gemisch platt walzte! Die Arbeiter wuselten wie die
Ameisen vor der Dampfwalze umher, so als wollten sie ihr
Gelegenheit geben, ihre Kraft zu beweisen. Und der von mir
bewunderte und beneidete Lenker des Riesengerätes thronte
hoch über allem und allen und gab der Straße ihre endgültige
Form.
Ich lief wohl stundenlang immer neben der Dampfwalze her, die
Straße hinauf und herab. Ich konnte nicht genug kriegen von
diesem faszinierenden Gerät.
Irgendwann war dann die Arbeit getan, die Straße fertig. Meine
geliebte Dampfwalze rollte weg vom Ort des Geschehens,
dröhnte über die Pflasterung der Kölnstraße, des Stiftsplatzes
und weiterer Straßen, ich immer weiter neben ihr her.
Schließlich rollte sie auf die Rheinbrücke zu – für mich kein
Hindernis, ihr die Treue zu halten. Wahrscheinlich wäre ich
werweiß-wohin mitgelaufen, ohne auch nur einen Gedanken
daran zu verschwenden, wie ich wieder zurückfinden würde.
Da machte mir eine Besonderheit der alten Bonn-Beueler
Rheinbrücke einen Strich durch die Dampfwalzenrechnung. Um

die Baukosten der Brücke zu finanzieren, wurde in einer Art Zollstation den Passanten ein Obolus abverlangt. Ich glaube, es waren 5 Pfennig für Erwachsene und 2 Pfennig für Kinder. Natürlich verfügte ich nicht über ein Kapital in dieser Größenordnung, und der Zöllner war unerbittlich.

„Gott sei Dank!", sage ich heute, „blöder Mist", schimpfte ich damals. So sah ich meine geliebte Dampfwalze langsam in Richtung Beuel entschwinden, und mir blieben nur traurig-sehnsüchtige Blicke, bis sie schließlich in der Ferne verschwand.

Die Dampfwalze – Traum meiner Kindheit (II)

Dampfwalzen waren, wie gesagt, ein paar Jahre lang so
faszinierend für mich, dass ich gleich zwei Geschichten über sie
schreiben muss.

Wieder einmal war ein Exemplar dieser majestätischen
Großmaschinen in unserer Nähe im Einsatz. Beeindruckend, wie
sie alle Menschen und Geräte um sich herum überragte,
majestätisch, wie all die anderen Geräte, Fahrzeuge, Materialien
und die sie benutzenden oder verarbeitenden Männer nur dazu
da zu sein schienen, um ihr Gelegenheit zu geben, ihre Macht zu
demonstrieren. Kein Wunder, dass es mir als höchstes Ziel
erschien, eines Tages Lenker dieser fantastischen Maschine zu
werden.

Andere Jungen wollten Lokomotivführer werden – ich träumte
davon, Herr über eine Dampfwalze zu sein.

Mehrere Tage lang hatte ich nichts anderes im Sinn, als neben
diesem Wunderwerk herzulaufen, die „Wachsbleiche" – so heißt
diese Straße – hinauf und herab.

Dann kam der mit Bangen erwartete Tag der Fertigstellung des
neuen Straßenstücks. Meine geliebte Dampfwalze rollte davon.
Für mich gab es abermals kein Halten: Ich lief in
unverbrüchlicher Treue neben ihr her. Ich achtete nicht darauf,
welche Straßen sie benutzte. Es hätte wohl auch kaum etwas
geholfen, denn bald kamen wir – die Dampfwalze und ich – in
mir unbekannte Ecken, und lesen hätte ich die Straßenschilder
ohnehin nicht können, da ich noch kein Schulkind war.

Plötzlich fuhr die Walze langsamer, blieb fast stehen, und der
Herr der Dampfwalze rief zu mir herunter: „Kleen, loof nimmie
mit, sons küste nimmie nooh Huus!" Hochdeutsch:
„Kleiner, lauf nicht mehr mit, sonst kommst du nicht mehr nach
Hause!"

Zwar wäre ich am liebsten immer weiter mitgelaufen, aber ein Wort aus dem Munde des mächtigen Mannes da hoch droben empfand ich einerseits als hohe Wertschätzung meiner Person, andererseits gab es dagegen, so schmerzlich es auch war, keinen Widerstand, es galt. Ich schaute meinem Traumgerät noch eine Weile hinterher, dann war ich allein. Und wie allein! Mein Traum war weg, und ich sah nur fremde Häuser und Leute um mich herum. Auch keines der Kinder, die dort umher liefen, hatte ich je gesehen. So eine   Situation hatte ich noch nie erlebt, und Angst stieg in mir hoch.

Ich lief ein Stück in die Richtung, aus der wir gekommen waren, aber alles um mich herum blieb fremd. Ich wusste nicht mehr weiter. Ich tat, was alle Kinder in solchen Situationen tun: Ich schaltete auf das kindliche S.O.S, d.h.: Ich heulte los.

Da erschien mein Retter: „de Banane-Hujo", ein nicht nur mir, sondern stadtweit bekanntes Original. Die Taxifahrer riefen ihm immer wieder „Banane-Hujo" nach, worauf er wütend seinen Krückstock schwang und heftige Verwünschungen in ihre Richtung schleuderte.

Zu uns Kindern war er immer überaus freundlich, und so manche Banane hat er uns geschenkt. Deshalb widerstanden wir auch der Versuchung, es den Taxifahrern gleichzutun.

Ob er mich nun kannte oder nicht: Jedenfalls sah er ein weinendes Kind, und sofort ergriff er die Initiative. Meinen Namen konnte ich ihm sagen, aber Straße oder gar Hausnummer, da war ich überfragt. Ich wusste nur: am „Johannes-Haus", so fehlformulierten wir Kinder den Namen „Johannes-Hospital", dem gegenüber ich wohnte.

Das genügte meinem Retter. Er nahm mich an die Hand und lief mit mir zielstrebig in die richtige Richtung. Als wir in die Kölnstraße kamen, war ich endlich wieder in vertrauter Umgebung. Ich wollte meine Hand aus der des „Banane-Hujo" lösen, um schnurstracks zu unserem Haus zu laufen. Das aber gestattete „Banane-Hujo" nicht. Er wollte mich unbedingt zur nächsten Polizeiwache bringen, die von unserem Haus aus gesehen gerade um die Ecke in der Breite Straße lag. Ob er das zu meinem Schutz vorhatte, mir möglicherweise nicht trauend, das Zuhause zu finden, oder ob er sich bei der Polizei als aufmerksamer und hilfsbereiter Bürger darstellen wollte – ich weiß es nicht. Jedenfalls wehrte ich mich heftig, weil ich diesen Umweg nicht einsehen konnte, allerdings auch, weil ich vor der Polizei einen gehörigen Respekt hatte. Hugo brachte mich also zur Wache. So betrat ich zum ersten Mal in meinem Leben eine Polizeistation. Zwei Eindrücke müssen sehr stark gewesen sein, so dass ich sie heute noch in Erinnerung habe. Der erste war die mich verblüffende Tatsache, dass dort Polizisten an einem langen Tisch saßen, ohne Jacken und Tschakos und in Hosenträgern. Polizisten in Hosenträgern! Das war nicht zu fassen: So sah auch mein Vater aus, wenn er zu Hause am Tisch saß.

Und dann ging einer der Polizisten zu einem Spind und holte Schrubber und Aufnehmer heraus. Leider hatte ich den Grund für diese Aktion geliefert, was mich sehr beschämte, zumal die Polizisten (hämisch, wie ich fand) grinsten.

Da mich einer der Polizisten vom Sehen kannte, ließ man mich nach einigen Erklärungen endlich laufen, und ich eilte zu Mutters Schürze zurück.

Ein Kapet Persil, bitte!

In der Kölnstraße, nicht weit weg von unserem Haus, gab es eine Drogerie. Der Besitzer hieß ganz simpel Müller, aber Herr Müller war alles andere als simpel, zumindest nicht für mich. Immer sehr korrekt gekleidet mit Schlips und Kragen (wie man so sagt), darüber einen makellos weißen Kittel – das war kein Verkäufer wie in einem Lebensmittelladen, das war eine wichtige Persönlichkeit, fast so etwas wie ein Doktor.
Auch sonst sah er ungewöhnlich für mich aus. Eine fast zur Glatze ausgewachsene Tonsur, säuberlich eingerahmt von einem graumelierten Haarkranz, immer braungebrannt, und er sprach ein gepflegtes Hochdeutsch. Das waren in unserer Gegend alles Attribute einer distinguierten Person.
So auch die Drogerie. Hinterwand und Seitenwände füllte ein Schrank mit zig Schublädchen, auf jedem ein dezentes weißes Emailleschildchen mit schwarzen Buchstaben in einer fremdartigen Schrift (ich vermute, es waren gotische Schriftzeichen) – beeindruckend! Solche Schränke in edlem dunklem Naturholz findet man heute nur noch in alten Apotheken. All das zusammen genommen schuf eine ganz besondere Atmosphäre. So sahen weder der „Colonialwarenladen" nebenan noch der Gemüseladen gegenüber aus. Hier einzukaufen war fast ein Ritual.
Ausgerechnet dorthin schickte mich meine Mutter, um Persil zu kaufen. Nebenbei: Persil war in meinen Augen damals keine spezielle Marke, es war eine Warengattung, so wie Maggi etwa.
Also: Ich sollte ein Paket Persil kaufen.
Zu Herrn Müller musste ich mithin sagen: „Ein Paket Persil, bitte!" Ich weiß nicht, ob die Lautfolge im Wort Paket für kleine Kinder besonders schwierig ist oder ob ich ganz persönlich Probleme damit hatte. Jedenfalls hatte ich sie, und bei diesem

Herr Müller in diesem vornehmen Rahmen verstärkten sie sich noch. Jedesmal verhaspelte ich mich und sagte: „Ein Kapet Persil, bitte!" Das Schlimmste war, dass der vornehme Herr Müller immer lächelte – freundlich vermutlich, aber ich kam mir immer ausgelacht vor. So kam es, dass ich wieder einmal hin musste. Ich nahm mir fest vor, mich nicht erneut zu blamieren und auslachen zulassen.

So trainierte ich auf dem Weg zur Drogerie diesen schwierigen Satz. „Ein Paket Persil, bitte" – „Ein Paket Persil, bitte" – wohl ein Dutzend Mal wiederholte ich den so wichtigen Satz.

Dann betrat ich die Drogerie. In der vor Anspannung verkrampften Hand hielt ich die Geldmünzen, und bis ich dran war, flüsterte ich immer wieder: „Ein Paket Persil, bitte!"

Und dann war ich an der Reihe. Herr Müller lächelte mir zu – ich hielt es für Grinsen – und sagte: „Na, Kleiner, ein Kapet Persil?" Ich war so wütend, dass ich ihm das Geld auf die Theke knallte und hinausrannte.

 Es hat Jahre gedauert, bis ich diesen Laden wieder betreten konnte.

Mein erster Schultag

Wer wird je seinen ersten Schultag vergessen? Einen Tag, auf den man so lange gewartet hat, auf den man gespannt war, zumal, wenn ältere Geschwister einem täglich ihre geistige Überlegenheit demonstriert haben.

Und nun kommt „unser kleines Dummerchen" auch an die Quellen der Weisheit! Ich frohlockte.

Die Schultüte stolz im Arm, den neuen Ranzen nicht mehr nur als Trainingsgerät auf dem Rücken – der lang ersehnte Ernstfall ist eingetreten.

Wer wird der Lehrer sein? Von einigen hatten mir meine Geschwister schon erzählt. Wie wird er sein? Wird er streng sein? Oder freundlich?

Und wer sind meine Mitschüler? Wer wird neben mir sitzen, vor mir, hinter mir? Werde ich heute schon lesen und schreiben lernen? Wann werde ich endlich meinen Geschwistern die Nebenflüsse von Rhein und Donau herunterbeten können? Werde ich bald ein Meister des kleinen und großen Einmaleins sein? Meine Erwartungen waren riesig.

Wie es wirklich am ersten Schultag war, weiß ich nicht mehr. Nur eines hat sich unauslöschlich in mein Gedächtnis eingebrannt, ein unerhörter, dramatischer Zwischenfall.

Da war ein Mitschüler mit Namen Ludwig van Engelshoven. Ich war beeindruckt, einen vermeintlichen Adelsspross in der Klasse zu haben, obwohl sein Äußeres nicht so recht zu dem faszinierenden Namen passen wollte. Er war ziemlich schmutzig, die Rotznase lief, die wüsten Haare (ich dachte natürlich an Ludwig van Beethoven!) ungekämmt und verfilzt. Aber dennoch: so einen Jungen hatte ich noch nie gesehen.

Der Lehrer war einer von der harten Sorte: von Anfang an zeigen, wer hier das Sagen hat, leider auch das Schlagen.

Und es traf gleich am ersten Tag meinen interessantesten Mitschüler mit dem vornehmen Namen. Er muss irgendwie den Herrn Lehrer gestört haben. „Aufstehen, du Lümmel, komm nach vorne!" Ein paar kurze Schläge in die Kniekehlen, das sollte die Autoritätslage klarstellen.

Aber es kam anders. Wir hielten ohnehin schon den Atem an, weil wir mit diesem Auftakt nicht gerechnet hatten; wir waren gespannt, was noch weiter passieren würde –

immerhin erlebten wir den Prolog zu den uns bevorstehenden Ereignissen der nächsten Jahre. Da sagte der „adlige Spross", von mir schon als zu beneidendes Vorbild anerkannt, den ungeheuren Satz:

„Dat sage ich minge Oma, du Aschloch!" Zwar war uns das letztere Wort nicht ganz unbekannt, aber mit Bezug auf die Autorität der kommenden Jahre so unerwartet wie ein Eisregen im Sommer. Zusätzlich verwirrte mich die besondere Rolle der „Oma", wahrscheinlich mangels Verfügbarkeit einer derartigen Klageinstanz.

Die Folge war, dass Ludwig van Engelshoven zwar nicht mehr die Rolle eines bewunderten Idols für mich spielen konnte. Aber atemberaubend war die ganze Szene doch gewesen, und wir verdankten sie ihm. Ich hätte nicht nur das Vokabular nicht zur Verfügung gehabt, noch viel weniger den Mut zu einer solchen Rede aufgebracht. Und so blieb Ludwig van Engelshoven doch ein irgendwie bewundertes Exemplar Mitschüler.

Welch ein erster Schultag!

Mein großer Bruder – oder:
Wie ich fast zum Brandstifter wurde

Mein von mir bewunderter Bruder Werner begann genau in dem Jahr eine Lehre als Elektriker, in dem ich eingeschult wurde: 1936.

Wie gerne wäre ich voller Stolz morgens mit ihm zur Schule gelaufen, mit meinem großen Bruder! Welches Prestige hätte ich gewinnen können gegenüber den anderen „i-Dötzchen" mit einem so großen Bruder!

Aber, wie gesagt, daraus wurde nichts. Es gab jedoch kompensatorische Erlebnisse und Erkenntnisse, die ich durch Werner haben und erfahren durfte. So konnte ich ihn hin und wieder in der Werkstatt der Elektrofirma Penning nahe dem Bonner Hauptbahnhof besuchen, meist, um ihn abends abzuholen. Ich bewunderte die Arbeitstische mit Kabeln, Schnüren, Schrauben und Steckdosen, die ich in dieser Fülle noch nie gesehen hatte. Und mittendrin mein großer Bruder! Auch, dass er plötzlich über Taschengeld verfügte und es sich leisten konnte, mich samstags mitzunehmen ins Städtische Reinigungsbad, das „Viktoriabad" – für uns in der badezimmerlosen Zeit eine tolle Sache. Und Grund genug für mich, mit all diesen Dingen meinen Freunden zu imponieren, die keinen großen Bruder hatten. Ich freute mich schon darauf, irgendwann zu werden wie er: tüchtig und reich, geachtet und fast erwachsen.

Immer gab es für ihn Gelegenheiten, mir zu Hause sein Können zu zeigen: Leitungen zu reparieren, die richtigen Sicherungen einzuschrauben, unser Radio korrekt einzustellen. Letzteres war gar nicht so einfach, für heutige Radiobesitzer kaum nachvollziehbar. Es waren eigentlich zwei Geräte: ein großer grüner Kasten, der wegen der Wärmeentwicklung immer

offenstand und in dem sich mehrere kupferfarbene metallene Halbkreise durch Drehknöpfe ineinander schieben ließen, bis die optimale Sendereinstellung und Lautstärke erreicht war.
Ein noch größerer Kasten aus Holz mit einem stoffbespannten kreisförmigen Ausschnitt in der Mitte war der Lautsprecher.
Und bei diesen Geräten zeigte Werner sein neues Können.
Leider wäre ich durch eine der Demonstrationen seiner neuen technischen Erfahrungen einmal beinahe zum Brandstifter geworden. Und das kam so.
Eines Tages brachte er aus dem „Betrieb" (schon das Wort imponierte mir!) eine Flasche Benzin mit. Hinter unserem Haus gab es einen kleinen gefliesten Hof, und hier demonstrierte er, wie toll Benzin brennen kann. Man muss wissen, dass ich vorher diesen Energieträger nie gesehen hatte; wahrscheinlich kannte ich nicht einmal das Wort Benzin. Woher auch? Weder wir noch unsere Bekannten und Freunde besaßen eines der damals noch sehr seltenen Autos, und wozu sonst hätten wir Benzin haben sollen?
Mein großer Bruder goss eine kleine Menge der wie klares Wasser aussehenden Flüssigkeit auf die Hoffliesen, nahm einen Fidibus, holte mit dem aus dem Küchenherd Feuer.
und berührte damit die Flüssigkeit. Sofort geriet diese natürlich in Brand. Für mich sah es faszinierend aus. Ich kannte brennende Holzscheite, brennende Briketts oder andere brennbare Materialien. Aber nie zuvor hatte ich ein Feuer gesehen, das scheinbar ohne jeden Brennstoff auskam oder jedenfalls ohne einen sichtbaren Brennstoff. Es knisterte auch nicht wie Kohlen, Papier oder Holz, es brannte in trägerloser Weise und ohne Geräusche flackernd vor sich hin.
So weit, so gut! Leider überkam mich das Verlangen, dieses geheimnisvolle Feuer einmal selbst anzulegen. Als Ort wählte ich unsern Spülstein (so nannte man die Vorläufer heutiger

Becken) und glaubte, klug zu handeln. Denn, so dachte ich, wenn etwas schief gehen sollte, brauchte ich ja nur den Wasserhahn zu öffnen, um das Feuer zu löschen.

Ich goss also einen Schuss Benzin in das Becken, großzügig etwas mehr, als es mein Bruder getan hatte – es war ja genug da; ich faltete einen Streifen Zeitungspapier zu einer Lunte, setzte diese am Herd in Brand und trug den brennenden Fidibus zum Spülstein. Sofort stand der größte Teil der Fläche des Spülsteins in Flammen. Ich erschrak, weil ich nicht mit dieser Ausbreitung des Feuers gerechnet hatte. Ich versuchte, über das lodernde Feuer zu greifen, um den Wasserhahn zu öffnen. Erst nach einigen etwas schmerzhaften Versuchen gelang es mir. Nur: Die Wirkung war das genaue Gegenteil dessen, was ich erwartet hatte. Durch das Wasser erhielt das brennende Benzin einen Ausbreitungsträger, und in Sekundenbruchteilen brannte es auf der gesamten Fläche des Spülsteins. Das Benzin und mithin das Feuer schwammen fröhlich auf der von mir erzeugten Wasseroberfläche, und ich stand zitternd vor Angst hilflos daneben.

Gleich neben dem Spülstein hing ein hölzernes Gestell, in dem an Haken verschiedene Trockentücher hingen: Tellertuch, Messertuch, Gläsertuch usw. stand auf emaillierten Schildchen über den jeweiligen Haken. Die Katastrophe schien nicht mehr aufzuhalten: Die ersten Tücher waren schon in Brand geraten, das Holz des Gestells begann zu glimmen.

Da endlich kam Hilfe in Gestalt meines Vaters. Dessen vorherige Abwesenheit war natürlich Voraussetzung für mein Experiment gewesen – jetzt war ich glücklich, dass er früher zurückgekommen war als erwartet. Er riss den Handtuchhalter mitsamt den brennenden Tüchern herunter und warf sie durchs Fenster hinaus auf den Hof. Dann stoppte er den Wasserzulauf und warf eine Sofadecke über das Feuer – und alles war gerettet.

Nur ich nicht! Dieses Ereignis beendete nicht nur vorzeitig meine wissenschaftliche Experimentierfreude. Die Tracht Prügel, die mir mein Vater verabreichte, transportierte die Hitze des Brandherdes auf meinen Allerwertesten und hielt länger als jene.

Das verbotene Café

Es gibt ein Café in Bonn, in das ich nicht nur selbst keinen Fuß setzen würde, sondern auch in meiner ganzen Familie unter Bannfluch gestellt ist. Ich darf den Namen nicht nennen, um nicht wegen Geschäftsschädigung belangt zu werden. Nur so viel sei verraten: Es liegt auf dem Bonner Marktplatz und existierte schon, als ich noch ein kleiner Junge war.
Wie es zu dem Bannfluch kam? Hier die Geschichte.
Sankt Martin 1936 oder 1937, ich war 6 oder 7 Jahre alt.
Wie das bis heute bei uns so üblich ist, gehen die Kinder nach dem Martinszug durch die Stadt zum „Schnörzen". „Schnörzen" ist ein liebevoll-wohlwollender Euphemismus für betteln. Die Kinder ziehen mit ihren hell erleuchteten Laternen von Haus zu Haus, singen ihre Martinslieder und erhalten zur Belohnung irgendwelche kleine Gaben: Bonbons, Schokolade, Kekse und so weiter. Die werden in Beuteln gesammelt und am Ende der „Schnörztour" stolz vorgezeigt als Trophäen erfolgreicher Gesangs- und Fackelpräsentationen.
In dem genannten Jahr gelangte ich in einer Gruppe von vier oder fünf Kindern auch zu dem erwähnten Café. Dieses Café galt in der Stadt als ein Café für (so würde ich heute formulieren) „gehobene Ansprüche". Meine Eltern jedenfalls und die Eltern meiner Freunde hatten es wohl nie von innen gesehen. Es sah „edel" aus, drinnen saßen (zumeist ältere) Damen und Herren, die schon in ihrer Kleidung und vielfach auch in ihrem Gesichtsausdruck den Ruf des Ortes bestätigten. Was man als Kind doch so alles sieht!
Wir Kinder also hinein! Ich begann „De hillije Zinte Määtes" zu singen und merkte, zu spät, dass die anderen der Mut verlassen hatte und nicht mit hinein gegangen waren.

Aufgeben war nicht meine Sache, also sang ich mit dünner Kinderstimme die vielen Strophen dieses Liedes tapfer durch. Besonderen Akzent legte ich auf die Zeilen „Hier wohnt ein reicher Mann, der uns vieles geben kann". Beim Blick in die Gesichter des Auditoriums meiner unfreiwilligen ersten Solodarbietung hätte mich fast der Mut verlassen: gelangweilt, blasiert, leicht indigniert auf Grund der Störung durch diesen Bengel. Doch der Bengel hielt durch bis zum Ende.

Bis zum bitteren Ende – bitter deshalb, weil ich noch nie so viele erlesene Pralinen, leckere Bonbons, raffinierte Schokoladen und süße Kuchen gesehen hatte wie die, die ich während meines Gesanges ständig vor Augen gehabt hatte. Sicher, die anderen hatten mich im Stich gelassen, aber ich durfte nun mit Gaben rechnen, von denen die nur träumen konnten.

Beim Träumen ist es geblieben. Die Dame hinter der Glas-Chrom-Theke sagte nur: „Schön, Kleiner" und öffnete mir die Ausgangstür. Wenn sie und die blasierten Cafégäste sich nur halb so viel geschämt hätten, wie ich mich schämte! Nur: Meine Scham war die des sich vergeblich prostituierenden Sängers. So muss sich ein Künstler fühlen, der statt Applaus Buhrufe hört oder schlimmer: gar nicht wahrgenommen wird. Das habe ich damals sicher nicht so gedacht, aber gefühlt.

Deshalb meine Rache bis heute: In dieses Café darf kein Familienmitglied gehen und auch kein guter Freund.

Noch ein Café-Frust!

Mit Cafés und Konditoreien hatte ich so meine Probleme. Auf meinem Schulweg – ich war mittlerweile im zweiten Schuljahr – lag ein Geschäft in der Theaterstraße, über dessen Schaufenster in großen Lettern „Café – Konditorei" geschrieben stand. Im Schaufenster lagen lauter wunderbare – für mich unerreichbare – Süßigkeiten, und meine Augen konnten sich nicht satt daran sehen. Jeden Tag.

Eines Tages war ich in den Besitz von 2 (in Worten: „zwei") Pfennigen gekommen – wie, das weiß ich nicht mehr. Und ich wusste – oder glaubte zu wissen – dass es dünne Rahmbonbons der Firma Stollwerck gab, die nur 1 Pfennig kosteten. Zwar gab es auch doppelt so dicke Rahmbonbons, die zudem noch ganz weich waren und die man deshalb wunderbar kauen konnte, während die dünnen so hart waren, dass man sie lediglich lutschen konnte. Aber: die dicken waren auch doppelt so teuer, also – so mein damaliger Informationsstand – 2 Pfennig.

Ich entschloss mich nach reiflicher Überlegung, nur ein dünnes Bonbon zu erstehen, um nicht mein gesamtes Kapital auf einen Rutsch zu verschleudern.

Ich ging also auf dem Nachhauseweg in besagtes Café, stolz, aber auch mit Herzklopfen. Stolz, weil ich zum ersten Mal als potentieller Kunde ein solches, irgendwie außergewöhnliches Geschäft betrat; mit Herzklopfen, weil dies aus demselben Grunde eine richtige Aktion für mich bedeutete – heute würde man sagen: Es war ein „Event".

Ich bat also um „en Rahmkamell" und erhielt ein Exemplar der dünnen und harten Sorte, wie auch erwartet. Da ich meine 2 Pfennige leider nur an einem Stück hatte, legte ich diese Münze auf den Tresen, und der Konditor warf sie in seine Kasse.

Ich blieb in Erwartung des Wechselgeldes von immerhin 50% meines in der Kasse verschwundenen Gesamtfinanzvolumens vor der Theke stehen. Der Meister verstand offensichtlich nicht, worauf ich noch wartete. Deshalb half ich nach: „Ich krije noch ene Penning zeröck".

Die Reaktion war recht unwirsch, und ich erfuhr, dass schon so ein dünnes, hartes Ding 2 Pfennig kostete.

Ich überlegte, ob ich mir angesichts meiner Kassenlage eine derartige Investition leisten konnte oder sollte. So schwer die Konfliktsituation auch war, ich brauchte keine Lösung zu finden. Denn der Konditor warf mich kurzerhand hinaus und brummte irgendwas wie „frecher Rotzlümmel" hinter mir her. So war auch mein zweiter Versuch, in die höheren Gefilde anspruchsvollerer Verbraucheransprüche einzudringen, kläglich gescheitert. Das harte Rahmbonbon habe ich zwar gelutscht, aber der Genussgewinn war minimal angesichts des finanziellen Verlustes, ganz zu schweigen von meiner persönlich empfundenen Niederlage.

Das Theaterstück „Geschlossen"

Heinz und ich, Schüler derselben Klasse der Stiftsschule, waren in den ersten drei, vier Jahren unzertrennlich. Der Heimweg aus der Schule führte uns über die Theaterstraße und die Kölnstraße zum Wilhelmsplatz. Dort erst trennten sich unsere Wege: Heinz ging nach links in den Annagraben, ich weiter geradeaus, da ich in der Kölnstraße 77 wohnte.

Mit uns ging immer Arnold. Der wohnte noch ein Stück weiter in der Paulstraße. Arnold war ein von seiner Mutter ängstlich behütetes Kind, das nachmittags nur im häuslichen Garten spielen durfte, nie auf der Straße, schon gar nicht in unserer herrlichen „Spielstraße", dem schon genannten Annagraben. Diese Dauerbehütung hatte u.a. zur Folge, dass Arnold sehr naiv war. Heinz und ich, wir bösen Buben, nutzten das gehörig aus und erzählten dem armen Kerl abenteuerliche Geschichten über das, was wir „Straßenkinder" so alles erlebten. Unsere Spielerlebnisse breiteten wir weltmännisch vor ihm aus: die nahezu kriminellen Risiken bei „Räuber und Schanditz" („Räuber und Gendarm"), die spannenden Kämpfe bei „Fuul Ei" („Faules Ei", ein Ball- und Laufspiel), bei „Spinettchen", einer Art Schlagballspiel für arme Kinder, gespielt mit einer Latte als Schlagholz und kleinen beidseitig angespitzten Querhölzern als Ersatz für richtige Schlagbälle, usw. usw.

An das Flunkern gewöhnt und durch die neidvolle Bewunderung Arnolds zusätzlich motiviert, behaupteten wir auch, häufige Besucher des Bonner Stadttheaters zu sein. Auf unserem Heimweg kamen wir täglich am (im Krieg später zerstörten) Stadttheater vorbei. Dort hingen in mehreren Schaukästen die Programme der folgenden Wochen aus.

Was hatten wir nicht alles gesehen! Schillers „Räuber",
Goethes „Iphigenie", Opern von Verdi, Rossini und Mozart und,
und, und.
Höhepunkt unserer Angeberei und von Arnolds gutgläubiger
Bewunderung war unsere Darstellung der Faszination eines
Dramas, das im Spielplan immer wieder auftauchte. Da stand
„Geschlossen", und weil es immer wieder „gespielt" wurde,
hatten wir keine Mühe, Arnold davon zu überzeugen, wie toll
und deshalb beliebt bei Theaterfans gerade dieses Stück sei.
Später habe ich unsere kindlichen Bosheiten doch manchmal
bereut, besonders, wenn ich Arnold hin und wieder, zuletzt noch
als Vater eines Schülers meiner Schule, traf. Aber: Spaß hat es
uns doch gemacht, von Arnold bewundert und beneidet zu
werden.

Der verpasste Beinbruch

An einem Sonntag im Sommer 1936 oder 1937 wurde mein
Freund Heinz Opfer eines Autounfalles und brach sich ein Bein.
Nun wäre das nicht weiter schlimm gewesen, hätte ich nicht das
Pech gehabt, das alles zu verpassen.
Dummerweise hatte mich ein anderer Freund dazu überredet,
mit ihm in den Bonner Hofgarten zu gehen. Dort hatte dieser
Freund am Tage zuvor unter einer Bank 36 Pfennig gefunden –
eine für uns damals geradezu ungeheure Summe. Und ich hatte
nun ihm zugestimmt, dass es sich lohnen würde, in den nächsten
Tagen und Wochen immer wieder dort hinzugehen, um unter
den Bänken nachzuschauen, ob sich das kleine Wunder nicht
wiederholen würde.
So also auch an jenem Sonntag. Wir suchten unter sämtlichen
Bänken nach – ohne Ergebnis.
War das schon enttäuschend genug, so stand mir der größte
Frust noch bevor. Wir kamen nach Hause und erfuhren, was mit
Heinz passiert war. Endlich mal etwas Außergewöhnliches, und
ich war nicht dabei gewesen! Tag für Tag waren wir zusammen,
natürlich auch Sonntag für Sonntag, und nie war irgendetwas
Besonderes geschehen, alles war seinen üblichen Trott
gegangen. Und kaum tue ich mal was anderes als Heinz – da
passiert es! Wie ärgerte ich mich!
Am nächsten Tag besuchten wir Heinz im Sankt-Johannes-
Hospital (bei uns nur „Johanneshaus" genannt). Als ich an
Heinz' Bett saß, befielen mich starke Neidgefühle: er war der
Mittelpunkt unserer kleinen Welt, bewundertes Objekt eines
spektakulären Ereignisses, und wir saßen blass und
bedeutungslos am Bett dieses Märtyrer-Helden der Kinderwelt!

Der Schmerz über den Verlust eines halben Pfennigs

Für ein Kind von acht Jahren war der Verlust eines halben Pfennigs im Jahre 1938 ein sehr herber Verlust.

Wie es dazu kam? Nun, mein Freund Heinz (der mit dem Beinbruch, Sie wissen schon) und ich gelangten zu Hause nur in Ausnahmefällen in den Genuss eines Eies. Da fassten wir den kühnen Entschluss, gemeinsam auf ein Ei zu sparen. Elf Pfennig kostete ein Ei zu dieser Zeit.

Und wir suchten jede Gelegenheit, Geld zu verdienen. Am ehesten war das möglich bei Botengängen, Erledigungen von Einkäufen und Schmutzarbeiten wie Brikettaufstapeln, Hofkehren und ähnliche Dinge.

Es dauerte eine ganze Weile, bis Heinz und ich die erforderliche Summe von elf Pfennigen beisammen hatten.

Endlich war es so weit! Mit 11 Pfennigen in der Tasche betraten wir das für uns zuständige Lebensmittelgeschäft und verlangten stolz: „Ein Ei, bitte!" Wir legten unser Kapital auf die Ladentheke und erhielten das mühsam erarbeitete Ei. Die Ladenbesitzerin sagte: "Besser würdet Ihr zwei Eier kaufen, dann könnte es aufgehen." Abgesehen davon, dass wir für zwei Eier noch einmal Wochen hätten sparen müssen, verstanden wir nicht, was die Frau meinte mit „dann könnte es aufgehen". Wir fragten und erhielten die Antwort: „Eier kosten seit vorgestern nur noch zehn-ein-halb Pfennig".

So erfreulich die deflationistische Entwicklung des Eiermarktes für die damalige Ökonomie auch gewesen sein mag, uns half sie wenig. Mehr als ein Ei war für uns eben nicht drin, und so zahlten wir schweren Herzens einen halben Pfennig über Tarif. Noch lange Zeit nach dem gemeinsamen Eigenuss ärgerte und quälte uns der – wenn auch unvermeidbare, so doch bedauerliche – Verlust eines halben Pfennigs.

Die misslungene Marzipanproduktion

Wie alle Kinder zu allen Zeiten waren auch mein Freund Heinz und ich erpicht auf alle Arten von Süßigkeiten. Da es unsere Kassenlage nicht erlaubte, diesem Verlangen in der von uns gewünschten Häufigkeit und Intensität statt zu geben, mussten wir versuchen, eigene Wege zu derartig ausgefallenen lukullischen Genüssen zu finden.

Eines Tages kam Heinz zu mir und berichtete, seine Mutter habe ihn informiert, man brauche zur Herstellung von Marzipan nur wenige Zutaten, die zudem recht billig seien: Grießmehl, Zucker, Wasser und Bittermandelöl. Alles war in der Küche meiner Mutter vorrätig. Also fassten wir den Entschluss, zu Marzipanproduzenten zu werden. Wir brauchten nur die Abwesenheit meiner Eltern abzuwarten, um zur Tat zu schreiten.

Dann war es so weit. Wir schütteten eine kleine Menge Grießmehl in eine Schüssel, gaben erst Zucker und dann Wasser hinzu. Es entstand ein sämiger Brei, der schon ganz gut schmeckte (d.h.: süß), aber noch nicht den erwünschten Marzipangeschmack hatte. Nun musste Bittermandelöl den letzten und entscheidenden Pfiff bringen. In der Gewürzschublade meiner Mutter gab es sogar zwei Röhrchen dieses Wundermittels. Da brauchten wir ja nicht kleinlich zu sein und gaben den Inhalt eines ganzen Röhrchens hinein.

Das Ergebnis war nicht so toll: Der Brei schmeckte unheimlich scharf nach diesem Zeug – ungenießbar. Was tun? Klug, wie wir nun mal waren, mussten wir lediglich das Mengenverhältnis von Brei und Gewürz zu Lasten des letzteren verändern. Wir schütteten also weiteres Grießmehl in den Brei; leider zu viel, denn der Brei wurde ganz fest. Kein Problem: wir brauchten nun nur etwas mehr Wasser hinzu zu geben. Leider taten wir des

Guten abermals zu viel, und statt des Breies hatten wir jetzt so etwas wie eine Grießsuppe.

Das Verfahren Verdickung – Verdünnung setzten wir so lange fort, bis die Grießvorräte aufgebraucht waren. Leider war die Suppe immer noch nicht in den Aggregatzustand von Brei übergegangen, und außerdem schmeckte das Produkt nach wie vor äußerst bitter.

Da kam uns die scheinbar rettende Idee. „Wenn wir das Zeug auf ein Backblech gießen und im Backofen erhitzen, müsste das viele Wasser doch verdampfen", meinte der Physiker in mir. Gesagt, getan! Um es kurz zu machen: diese Aktion misslang aus dreifachem Grund. Denn erstens wurde die „Marzipansuppe" überhaupt nicht fest, zweitens schmeckte das Ergebnis noch viel stärker nach Bittermandelöl als zuvor, und drittens beendete die Ankunft meiner Mutter den gesamten Produktionsprozess.

Es bedurfte danach nicht der Schelte meiner Mutter, um mich erkennen zu lassen, dass mein zuvor sporadisch aufgetauchter Berufswunsch eines Kochs oder Konditors keine Zukunft hatte.

Die Stiftskirche von oben

Ich war Messdiener – natürlich war ich Messdiener. Ein rheinisch-katholischer Junge wurde Messdiener. So auch ich. Freitagsnachmittags war „Messdienerstunde". Wir versammelten uns im Kapitelsaal, wie der Gemeindesaal bei uns hieß, und der verantwortliche Kaplan, zu der Zeit war das Kaplan Leonards, zog ein regelrechtes Programm mit uns durch. Es begann immer mit einer Filmvorführung. Das war zu der Zeit etwas Besonderes. Die Schulen verfügten noch nicht über Filmvorführungsgeräte, und so freuten wir uns auf diese Gelegenheiten. Meist zeigte Kaplan Leonards zuerst einen Missionsfilm, danach irgendwelche Zeichentrickfilme, oft solche zum Lachen.
Nach dieser Einstimmung waren wir dann bereit für den Ernst des Messdienerlebens. Es gab Tests, ob und wie gut wir das „Confiteor" beherrschten, und das für uns schwierigste Gebet wurde regelrecht gebimst: das „Suscipiat", ein Gebet, das nach der Opferung gesprochen wird und geradezu zungenbrecherische Passagen enthält.
Überhaupt war das Lateinische für uns Kinder eine verdammt hohe Hürde. Wir mussten es ja lernen wie Japanisch oder Arabisch, soll heißen: ohne die geringste Ahnung, was die einzelnen Wörter bedeuteten. Erst Jahre später, als ich in der Schule Latein lernte, konnte ich endlich begreifen, was das alles bedeutete – aber da war es zu spät, da hatte ich die Texte ja längst auswendig gelernt.
Damals jedenfalls hatten wir arg zu pauken, in eben jenen „Messdienerstunden".
Es kam ein Freitag, an dem Kaplan Leonards zum festgelegten Zeitpunkt nicht erschien. Wir standen im „Alleechen" herum und warteten. Das „Alleechen" war (und ist immer noch) ein

Zufahrtsweg zum Hintereingang der Stiftskirche, zu deren Sakristei und zum Pastorat. Es ist von ein paar Bäumen gesäumt und wird deshalb liebevoll-wohlwollend „Alleechen" genannt. Als es Heinz und mir zu langweilig wurde – der Kaplan war mittlerweile wirklich arg zu spät -, gingen wir in die Sakristei, den Raum für die Vorbereitung des Gottesdienstes. Wir hatten nichts Besonderes vor, es war uns halt nur langweilig. In der Sakristei gab es eine geheimnisvolle Tür, die immer verschlossen war, und wir wussten nicht einmal, wohin die führte. Deshalb erschien sie uns auch so geheimnisvoll und war schon immer ein Objekt unserer Neugier. Und an diesem Tag war sie nicht verschlossen! Sie stand einen Spalt breit offen, und niemand außer uns war in der Sakristei. Das war zu viel der Versuchung! Wir öffneten die Türe ganz und fanden dahinter eine Wendeltreppe. Die stiegen wir hoch und gelangten in einen speicherähnlichen Raum. Da stand vieles herum, aber das Interessanteste für uns war eine weitere Türe, die wir natürlich ebenfalls öffneten. Wir stießen auf eine weitere Wendeltreppe. Mit klopfenden Herzen stiegen wir hinauf, viele, viele Stufen, und plötzlich standen wir auf einem hölzernen Steg, und wir sahen über uns unmittelbar das Kirchendach. Der Steg lief, das erkannten wir schnell, oberhalb des Gewölbes in voller Länge des Mittelschiffes. War das ein Anblick: das Kirchengewölbe von oben zu sehen! Es war auch irgendwie unwirklich, Gewölbe sozusagen umgestülpt! Und es war unheimlich. Ich stellte mir vor, was passieren würde, wenn ich auf dem schmalen Steg ausrutschen und auf das Gewölbe fallen würde, womöglich weiterrutschen bis zu der Stelle, wo die Gewölberippen in die Kapitellen der Säulen mündeten. Waren die Säulen eigentlich hohl oder massiv? Wenn hohl: Würde ich vielleicht in ihrem Inneren hinunterrutschen bis ganz unten, und niemand würde mich dort je hören, geschweige denn rausholen können! Ich müsste elendiglich verhungern, verdursten und wer weiß, was sonst noch Schreckliches durchmachen! Alpträume, die ich in den folgenden Nächten immer wieder erlebte, wohl – so glaubte ich – als Strafe für unsere verbotenen Abenteuer.

Aber das kam, wie gesagt, erst später, in den folgenden Tagen und Nächten. Jetzt liefen wir weiter den Steg hinunter und landeten zwischen den beiden Kirchtürmen. Nun gab es kein Halten mehr. Wir stiegen in einem der beiden Türme über Leitern immer höher hinauf, gelangten in den Bereich, wo die Glocken hingen und staunten über deren Größe. Wir starrten durch die dicken Schieferplatten, die dem Geläut den akustischen Weg nach außen öffnen. Wir waren verblüfft, wie groß die Abstände zwischen den einzelnen Platten waren: Ein Mensch, erst recht ein so kleiner Mensch wie wir, hätte genau dazwischen gepasst – weitere Nahrung für meine Alpträume! Wir guckten auf den Stiftsplatz hinunter, wo die Menschen wie Ameisen hin und her liefen, und in diesem Moment fühlten wir uns ganz groß! Aber nicht mehr lange. Denn endlich meinte einer von uns beiden, es sei an der Zeit, wieder zurück zu gehen. Das taten wir dann, aber unser Rückweg endete vor der letzten Türe. Die hatte mittlerweile jemand abgeschlossen. Wir bekamen einen großen Schrecken: was nun? Es gab nur einen Ausweg. Wir mussten wieder eins höher auf den Speicherraum und dort durch ein Fenster auf das Dach der Sakristei klettern, um uns bemerkbar machen zu können.

Kaplan Leonards war natürlich längst eingetroffen, und die Messdienerstunde war in vollem Gange. Gott-sei-Dank konnte man aus den Fenstern des Kapitelsaales auf das Dach der Sakristei blicken, und bald hatten uns einige Kollegen entdeckt. Kaplan Leonards kam dann zur Sakristei, schloss die erlösende Tür auf und ließ uns frei. Was wir zu hören bekamen, war wenig erfreulich. Am schlimmsten traf uns die Strafe: Wir wurden vier Wochen lang vom Ehrenamt des Messdieners ausgeschlossen. Die Schadenfreude der anderen Jungen hielt sich in Grenzen. Ich glaube, der Neid überwog, der Neid auf unsere Abenteuerreise hoch über das Gewölbe und in die Türme unserer Stiftskirche.

Hostienessen

Dass ich Messdiener war, habe ich schon erzählt, auch, dass freitags Messdienerstunde war, in der wir in die Rituale der Gottesdienste eingeführt wurden und die lateinischen Messtexte paukten. Das war sehr wichtig, weil damals alle Gebetstexte in lateinischer Sprache gesprochen wurden. Zwar kannten wir die deutschen Übersetzungen der verschiedenen Gebete, nicht aber die Bedeutung der einzelnen Wörter, schon gar nicht, warum es z.B. einmal „Petrus", ein andermal „Petrum" hieß. Also war Pauken angezeigt.

Wieder einmal hatte sich unser Kaplan verspätet, und wieder einmal nutzten mein Freund Heinz und ich die Wartezeit zu Entdeckungen. Dieses Mal konnten wir nicht aufs Gewölbe und in die Kirchtürme klettern, denn die Zugangstür war ordnungsgemäß verschlossen. Stattdessen schnüffelten wir in der Sakristei herum, dem unmittelbaren Nebenraum zum Kircheninnern, in dem die Gewänder, die Altargeräte und alle anderen zum Gottesdienst erforderlichen Dinge aufbewahrt werden.

Plötzlich stießen wir auf eine große Tüte mit überraschendem Inhalt. Was wir sonst nur jeweils als einzelnes Element zu sehen bekamen, gab es hier in großer Menge: Hostien – oder Oblaten? Wir waren natürlich unsicher, ob es sich um noch nicht geweihte Brote, also Oblaten, oder um geweihte, also Hostien handelte.

Auf jeden Fall nahmen wir die Tüte in unseren Besitz, und nach der Messdienerstunde diskutierten wir heftig unser Problem. Um Realitätsnähe bemüht, nahmen wir je eine Oblate/Hostie aus der Tüte und probierten vorsichtig, ob wir das Rätsel über die Geschmacksfrage lösen könnten. Leider konnten wir keinen Unterschied zu den uns aus der Kommunion vertrauten Hostien feststellen. Das verunsicherte uns zusätzlich. „Ungeweihte müssen doch anders schmecken", meinte Heinz. Ich wandte dagegen ein, dass Hostien doch immer in Kelchen im Tabernakel aufbewahrt wurden; Tüten seien doch ein völlig unwürdiges Depot für den Leib des Herrn.

Nur zu gern ließ sich Heinz überzeugen, und so aßen wir alle auf, bis aufs letzte Stück. Doch ein schlechtes Gewissen blieb – war das nun eine lässliche Sünde des Mundraubes oder eine schwere Sünde der spirituellen Unmäßigkeit, der Blasphemie? Nur im Beichtstuhl hätten wir das klären können, aber dazu fehlte uns beiden der Mut, zumal uns in der nächsten Messdienerstunde (zufällig?) ein Film über die Feuerqualen der Hölle und des Fegefeuers gezeigt wurden. Und Hostiendiebe und Hostienverschlinger gehörten mindestens in die letztgenannte Folterkammer.

Der einzige Trost war, dass es keine hochnotpeinliche Untersuchung des Raubdeliktes gab, woraus wir schlossen, dass der Diebstahl nicht einmal bemerkt worden war. Also konnte es sich nur um vergleichbar unbedeutende Oblaten gehandelt haben. Das, jedenfalls, redeten wir uns ein, aber ganz waren wir lange Zeit nicht wirklich davon überzeugt. Wohl eine Vorahnung vom bevorstehenden Fegefeuer?

Der neue Kaplan

Beichtstühle in katholischen Kirchen haben drei Zugänge.
Rechts und links gehen die „Beichtkinder" hinein, in der Mitte
ist der große Zugang für den „Beichtvater". Über diesem
mittleren Zugang steht in schwarzen Lettern auf weißem Schild
der Name des jeweiligen Priesters: „Pastor Mayer", Kaplan
Grüning", „Pater Lutze" usw. So können sich die Sünderlein
entscheiden, zu welchem Beichtvater sie gehen.
Jeder Beichtvater hat seine Tarife. Die angenehmen unter ihnen
entlassen die Sünder in der Regel mit „zwei Vater-unser und
zwei Gegrüßet-seist-du-Maria", die strengeren verlangen ganze
Litaneien oder Rosenkränze. Es ist wie bei den weltlichen
Richtern. Der eine verhängt ein halbes Jahr mit Bewährung, der
andere – beim gleichen Delikt – zwei Jahre ohne Bewährung.
Einziger Vorteil bei der Beichte: Man kann sich „den Richter"
selbst aussuchen.
Meine Schwester Annemie und ich hatten beste Erfahrungen mit
Kaplan Grüning gemacht; wir mieden nach negativen
Erfahrungen Pastor Mayer.
Eines Tages kommt Annemie ganz aufgeregt nach Hause:
„Kaplan Grüning ist nicht mehr da, dafür ein neuer!" „Wie heißt
der denn?" wollte ich wissen. „In der Aufregung habe ich das
nicht genau gelesen, er heißt „Abwesend" oder so, ich weiß
nicht genau."
Da in dieser Altersphase der Beichtvater eine wichtige Person
war, wollte ich der Sache auf den Grund gehen. Also lief ich zur
Kirche und schaute mir das Schild genauer an. Tatsächlich!
Nicht mehr „Grüning" stand da, sondern „Abwesend".
Es war gerade Beichtzeit, Samstagnachmittag, 3 Uhr. Ich wollte
es jetzt genau wissen und kniete geduldig und beharrlich in einer
Bank nahe dem Beichtstuhl des Neuen. Alle kamen: Pastor

Mayer, Kaplan Leonards, Kaplan Koppelberg und absolvierten ihre seelsorglich-richterlichen Aufgaben. Nur der neue Kaplan erschien nicht, bis zum Ende nicht.

Kaplan Leonards hatte mich in der Kirche knien sehen. Am Ende der Beichtzeit verließ er seinen Beichtstuhl und kam zu mir herüber. „Paul-Josef, willst du noch zur heiligen Beichte gehen?" Ich stammelte irgendetwas, weil ich mich schämte, nicht zu ihm gegangen zu sein und es auch jetzt nicht wollte. Schließlich raffte ich mich auf und sagte: „Ich gehe immer zu Kaplan Grüning, aber da ist ja jetzt ein neuer Kaplan!" „Ein neuer?" entgegnete er erstaunt. Dann begriff er und lachte laut los. Erst stutzte ich, aber dann begriff auch ich (endlich!) – und schämte mich erneut.

Ein Rheinländer im Ruhrpott

In meiner Kindheit, also in den 30er Jahren, kannte man Urlaub nicht, wahrscheinlich nicht einmal das Wort. Wir genossen zwar die Ferien, aber irgendwohin in Urlaub fahren – das gab's nicht, zumindest nicht für uns und unser soziales Umfeld. Fuhr mal jemand zu seiner Tante nach Köln, Aachen oder Koblenz, dann war das schon etwas Besonderes und wurde von uns Daheimgebliebenen entsprechend bestaunt.

Und so etwas Besonderes erlebte ich als Sechs- oder Siebenjähriger. Eine meine Schwestern hatte nach Bochum geheiratet, und die lud mich nun ein, zwei Wochen Urlaub bei ihr zu verbringen. Eine Sensation! Ich war mächtig stolz, „in Urlaub" zu fahren, in wirklichen Urlaub, weg von Vater und Mutter, weg von den Freunden, weg von Zuhause. Und dann noch weiter, als alle meine Freunde je gefahren waren. Köln, Aachen, ja sogar Düsseldorf wurden durch mich mit Bochum überboten.

Nach drei, vier Tagen ließ die Attraktion des Erlebnisses „Urlaub" deutlich nach, und auch der Stolz auf die große Distanz zu Bonn verlor an Bedeutung. Ich hatte – wohl aus Mangel an Erfahrung – geglaubt, Urlaub sei an sich schon ein tolles Erlebnis. Dass das Erlebnis „Urlaub" auch mit Inhalt gefüllt werden muss, hatte ich nicht erwartet. Mit anderen Worten: Bald wurde es mir langweilig. Weder gab es die heute selbstverständlichen Attraktionen wie Erlebnisparks oder Safarigelände, noch verfügte meine Schwester über die Zeit und das Kleingeld, mir irgendwelche Ausflugserlebnisse zu verschaffen.

Also war ich auf mich selbst angewiesen. Ich musste Freunde gewinnen, mit denen ich spielen konnte. Das war leichter gedacht als getan. Die Jungs der Straße bildeten eine geschlossene Gruppe, die einen „Ausländer" grundsätzlich ablehnte. Was ich auch anstellte, ich wurde nicht akzeptiert. Ob ich neue, ihnen nicht bekannte Spiele vorschlug, ob ich mir Variationen ihrer herkömmlichen Spiele einfallen ließ – ich blieb außen vor. Im Gegenteil: Jeder Vorschlag dieser Art vergrößerte noch den Abstand, den sie zu mir hielten. Psychologisch kann ich das heute natürlich verstehen, damals machte es mich nur traurig und wütend.

Besonders schlimm war ein Zwillingsbruderpaar, Robert und Karl (die Namen habe ich bis heute nicht vergessen!). Sie lehnten mich nicht nur ab, sie waren geradezu aggressiv gegen mich eingestellt.

Dann kam der Tag der Rache. In Bochum war es üblich, dass der Altwarenhändler mit einem Pferdewagen durch die Straßen fuhr, um seine „Kunden" zu (be-)suchen. Mit einer Glocke läutete er sein Ausrufe ein und schrie dann irgendwas, das klang wie „Altpapier, Alteisen, zu hohen Preisen!" Mein „Freund" Robert nahm die Gelegenheit zu einer kostenlosen Mitfahrt wahr und hängte sich hinten an den Wagen an. Das tat ich zu Hause zwar auch immer, wenn sich eine Gelegenheit bot, aber hier tat es mein Feind.

"Warte nur, du Blödkopp," dachte ich und schrie lauthals: „Meester, hinge hänk eener an de Kaar!" Natürlich verfehlte mein Racheruf jede Wirkung, weil ja „der Meester" ja nicht verstand, dass meine Warnung hieß: „Meister, hinten hängt jemand am Wagen!"

Ohne mir dieser Sprachbarriere bewusst zu sein, wiederholte ich mit noch größerer Inbrunst:" Meeste hinge hänk eener an de Kaar!" Der „Meester" reagierte wieder nicht, aber plötzlich erschienen die Köpfe neugierig gewordener Frauen an den Fenstern, um mein drittes „Meester, hinge hänk eener an de Kaar!" jetzt auch optisch zuordnen zu können. Und da endlich wurde ich mir der Tatsache bewusst, dass mich kein Mensch hatte verstehen können.

Würde das heute einem rheinischen Kind im Ruhrpott widerfahren, so würde es (hoffe ich) ärgerlich oder traurig oder wütend werden, je nach Temperament. Ich wurde das alles nicht – ich schämte mich, schämte mich wegen meiner Sprache. In jener Zeit wurden unsere Mütter,   Lehrer und andere pädagogisch Bemühte nicht müde, unser „Platt", unsern Dialekt als sozial minderwertig hinzustellen („Sprich hochdeutsch!"). Wie sehr wir Opfer dieser Sprachsoziologie wurden, zeigt dieses kleine Ereignis. Statt mich darüber zu ärgern, dass meine Rache an Robert fehlgeschlagen war, schämte ich mich, lief ins Haus und ließ mich tagelang nicht mehr auf der Straße blicken.

Wie meine Schwester zur Brudermörderin wurde

Samstagnachmittag im Sommer 1935 oder 1936. Ich machte mir im Hof zu schaffen, meine Schwester Annemie putzte in der Küche den Herd. Die Küche hatte ein großes Fenster zum Hof hinaus, so dass wir trotz räumlicher Trennung miteinander kommunizieren konnten. „Kommunizieren" ist ein sehr aufwendiges Wort für das, was wir uns tatsächlich an den Kopf warfen. Meine Schwester war sauer, weil sie nach Spülen, Abtrocknen und Putzen nun auch noch die Herdplatte blitzblank zu machen hatte. Ich hatte, wie ich es für mein selbstverständliches Recht hielt, im Hof herumgespielt; fürs Spülen, Putzen und solche Sachen betrachtete ich mich nicht als zuständig.

Natürlich erzürnte das meine Schwester noch mehr als die Arbeit an sich. „Faulpelz", „Drückeberger" und „blöder Hund" gingen ihr nicht nur durch den Kopf, sondern drangen aus selbigem auch hinaus, um mein Trommelfell zu erreichen. Schließlich wurde es mir zu bunt, und ich konterte mit vergleichbaren Vokabeln. Ich steigerte mich von „blöder Ziege" über „dummes Huhn" und „Brillenwichser" (Annemie musste schon früh eine Brille tragen) bis zu „Zoppehohn", hochdeutsch: „Suppenhuhn". Weil aber die Beschimpfungen seitens meiner Schwester nicht nachließen, suchte ich nach einem Wort, das alles bisher Vorgebrachte in den Schatten stellen sollte. Ich wählte den Ausruf: „Du Huur!", hochdeutsch: „Du Hure!"

Nun muss man wissen, dass für mich als Fünf- oder Sechsjährigen weder Sexualerziehung stattgefunden hatte noch ein zu diesem Lebensbereich gehöriger Wortschatz mir zur Verfügung stand. Ich hatte wohl lediglich irgendwann irgendwo mitgekriegt, dass dieses Wort eine wahre Keule im

Beleidigungsprozess gegen ein Mädchen darstellte, und deshalb schleuderte ich es ihr durch das offene Fenster entgegen.

Was dann geschah, kann nur verstehen, wer die schönen alten Küchenherde noch kennt. Seitlich neben der eigentlichen Kochfläche mit Herdringen unterschiedlichen Durchmessers – anpassungsfähig den verschiedenen Topf- oder Pfannenradien – gab es ein sogenanntes Wasserschiff. Das war ein chromblitzendes rechteckiges Gefäß mit schön geformtem Deckel, dessen unterer Teil tief in den Feuerraum reichte. Dieses Gefäß war ständig mit Wasser gefüllt, und da die Flammen den unteren Teil umspielten, war immer heißes, zumindest warmes Wasser vorrätig.

Als ich nun meiner Schwester jenes böse Wort an den Kopf geworfen hatte, dessen Bedeutung sie, weil drei Jahr älter als ich, sehr wohl in seiner Bedeutung kannte, war sie gerade dabei, die Herdplatte mithilfe von Ruß blank zu putzen, den sie vom Unterteil jenes Wasserschiffes genommen hatte. Ohne auch nur einen Augenblick zu zögern, schleuderte sie mir den rußgefüllten Lappen durch das offene Fenster direkt ins Gesicht. Unglücklicherweise hatte ich mich mit der einmaligen Wortschleuder nicht zufrieden gegeben, sondern rief angesichts des erwünschten Effekts erneut „Du Huur!" Leider verlangt das langgedehnte -uu- eine ziemliche Öffnung des Mundes. Hätte ich doch nur „Du Blöde!" gerufen oder „Du Doof!" Aber nein: ich Unglücksrabe hatte mich auf die Erfolgsvokabel „Huur!" versteift. Im selben Augenblick erreichte die Rußbombe meiner Schwester meinen weit offenen Mund.

Die Wirkung war zweierlei. Erstens erreichte Annemie das, was sie erreichen wollte: Ich war sofort still. Aber zweitens versuchten die fein verteilten Russpartikel, mich nicht nur still, sondern totenstill zu machen. Ich konnte nicht nur nicht mehr böse Wörter rufen, ich konnte nicht einmal mehr atmen.

Sie hätten meine Schwester sehen sollen! Die Metamorphose von wütender Furie zur liebevollen Schwester geschah in weniger als in einer Sekunde. Was sie alles anstellte, um meinen doch etwas zu frühen Tod zu verhindern, weiß ich nicht mehr. Ich weiß nur noch, dass sie mir Wasser und Milch einflößte, ständig auf den Rücken klopfte und unter Tränen „lieber Paul-Josef", „liebes Brüderlein" und ähnliche Worte zuflüsterte, deren extremer Gegensatz zu ihren Ausdrücken vor dem Mordversuch mir dann doch auffielen.

Ich habe überlebt, wie der geneigte Leser feststellen kann, aber nie mehr „Huur" zu jemandem gesagt, weil das einem Suizidversuch nahe kommt.

Die Aufnahmeprüfung – oder: 7 x 8

Nie werde ich meine Aufnahmeprüfung für das Gymnasium vergessen. Damals war es noch üblich, die angehenden Schüler an drei aufeinander folgenden Tagen in Mathe, Aufsatz und Diktat zu prüfen.

Bei uns ging's los mit Mathematik, damals noch etwas bescheidener (und sachlich wohl auch richtiger) „Rechnen" genannt. Wir erhielten unsere Aufgaben, und ich war etwas früher fertig als die anderen Prüflinge. Ich brachte mein Ergebnisblatt dem verantwortlichen Lehrer nach vorne, und der wollte mich offensichtlich nun noch mündlich prüfen. Um die andern nicht zu stören, sprach er im Flüsterton. Ich verstand: „Gib mal acht!" und sagte brav: „Ja"! Er wiederholte seinen Satz noch zwei- oder dreimal, und immer wieder kam prompt meine Antwort: „Ja!"

Der Lehrer wurde zunehmend unruhiger oder auch ungeduldiger. So sprach er etwas lauter, und nun verstand ich endlich, was er wirklich von mir wollte, nämlich eine Reaktion auf die Aufgabenstellung „Sieben mal acht!"

Die Antwort fiel mir zwar leicht, aber meine Angst wuchs, dass er mich für blöd hielt mit meinem stereotypen „Ja!" Die Angst, nun durchgefallen zu sein, hielt an, bis wir endlich nach drei Tagen die Ergebnisse der Prüfungen erfuhren. Seitdem kann ich keine Einmaleinsaufgabe besser lösen als „7x8!"

Sprung in die Tiefe

Ende der dreißiger Jahre wurde das erste Bonner Freibad
eröffnet: das „Römerbad". Seinen Namen verdankt es der zum
Bad führenden „Römerstraße".   Die wiederum heißt mit Recht
so, denn vom römischen „Castra Bonnensia" führte in den
Jahren römischer Besatzung ein Heerweg ziemlich genau auf
der Trasse der heutigen Römerstraße nach Norden in Richtung
des heutigen Köln („ Colonia Aggripina"). Das war es natürlich
nicht, was uns Kinder an dem neuen Bad begeisterte, sondern
die völlig neue Attraktion neben dem Schwimmen im Rhein,
was leider verboten war, aber dennoch von uns praktiziert wurde
(wie die nächste Geschichte zeigen wird). Bei mäßigen
Eintrittspreisen konnten wir uns die neue Attraktion das eine
oder andere Mal leisten. Wenn das Geld nicht reichte, riskierten
wir den Weg über den Zaun, was zumeist auch klappte – illegal
zwar, aber gerade deshalb viel interessanter als der Weg am
Kassenhäuschen vorbei. Auch wenn wir manchmal erwischt
wurden – wir versuchten es immer wieder. Die größte Attraktion
war das Sprungbecken: zwei Einmeterbretter rechts und links
vom Sprungturm, und dessen Leiter führte über das
Dreimeterbrett, das Fünfmeterbrett und das Brett in Höhe von
7,50 m (bei uns nur „et Sibbefuffzig" genannt) zum Gipfel des
Abenteuers: zum Zehnmeterbrett. „Brett" ist eigentlich nicht das
richtige Wort, denn der Turm hatte auf den verschiedenen
Höhen nur Betonplattformen, von denen aus man direkt hinunter
sprang. Nun entbrannte allenthalben ein Wettstreit, wer zuerst
die jeweilige Höchstebene erreichte. So auch zwischen meinem
Freund Johannes und mir. Anmerkung: Johannes ist der Bruder
meines eigentlichen Freundes dieser Jahre, Heinz, der mit dem
Beinbruch, dem Eierkauf usw.- Sie kennen ihn aus früheren
Geschichten dieses Bändchens. Wieso der Wettstreit, von dem

ich hier erzählen will, zwischen Johannes und mir, nicht aber Heinz und mir ausgetragen wurde, weiß ich heute nicht mehr, ist aber auch egal.

Wir begannen beide natürlich mit dem Einmeterbrett. Am nächsten Tag schon trauten wir uns (genauer: der Ehrgeiz trieb uns) auf den Sprungturm, die Dreimeterebene. Es wurde hier schon spannend, nicht nur der Höhe wegen, sondern aufgrund unserer Schwimmtechnik. „Schwimmen" konnte man das eigentlich nicht nennen. Wir paddelten, senkrecht im Wasser stehend und mit den Armen das Wasser bearbeitend, von der Eintauchstelle zum Beckenrand. Es sah sicherlich so aus, wie kleine Hunde schwimmen. Da ich schon damals Dinge gerne systematisch plante, beobachtete ich genau, welche Abstände die Springer aus den verschiedenen Höhen nach dem Eintauchen bis zum Beckenrand zu überwinden hatten. Folglich trainierte ich meine Paddelkünste intensiv mit dem Ziel, solche Abstände ohne Absaufen zu bewältigen.

Und so verlief unser Wettstreit. Zwei oder drei Tage lang sprangen wir beide vom Dreimeterbrett, dann mehrere Tage vom „Fünfer", und dann passierte für mich Fürchterliches: Ich musste einen Tag ausfallen lassen. Warum, weiß ich heute nicht mehr; vielleicht hatte ich kein Geld oder war beim Klettern über den Zaun erwischt worden oder beides. Ich war jedenfalls nicht im Schwimmbad. Am Abend dieses Tages peinigte mich Johannes mit der Triumphmeldung, er sei vom „Sibbefuffzig" gesprungen. Der Hund! Er hatte meine Abwesenheit schamlos dazu ausgenutzt, in Führung zu gehen! Ich war enttäuscht, wütend und ratlos. Wie sollte ich das wieder aufholen? Die halbe Nacht träumte ich vom Sprungbrett, sah mich schon auf einem Zwanzigmeterbrett, das es real natürlich nicht gab bzw. gibt. Aber ich wollte unbedingt gewinnen, und im Traum gelang es mir.gelang es mir. Aber Realität war, dass Johannes schon die letzte Hürde vor dem Ziel genommen hatte, die mir noch bevorstand.

Aber der Tag meines Triumphes kam. Johannes stieg, scheinbar gelassen, auf die Höhe „seines" Siebenmeterfünfzig, und ich glaubte, ein triumphierendes Lächeln auf seinem Gesicht zu erkennen, als er hinunter sprang.

Da packten mich Zorn und wilde Entschlossenheit. Ich stieg auf den Turm, hielt auf der Höhe 7,50 m an, zögerte einen Moment, und dann wurde mit klar, dass es nur eine Möglichkeit gab, den Kampf zu gewinnen.

Ich stieg höher, endlos viele Sprossen auf der Metallleiter, und da stand ich nun auf der Spitze des Turmes. Wer da nicht schon einmal gestanden hat, kann nicht ermessen, wie furchtbar tief es von dort nach unten aussieht. Mir schlotterten die Knie, einen Moment fürchtete ich, wieder hinunter steigen zu müssen, so irrsinnig hoch erschien mir diese Plattform.

Aber da sah ich unten Johannes stehen, und ich glaubte, ein überlegenes Lächeln in seinem Gesicht zu erkennen (aus 10 m Abstand!).

Nun gab es kein Zurück mehr. Ich ging bis zur Betonkante, wartete auf das Freizeichen des Schwimmmeisters, schloss die Augen und sprang. Es ging wunderbar problemlos. Der Eintauchaufprall hätte mir bei olympischen Spielen zwar null Punkte gebracht, wenn nicht Startverbot, aber ich war unten, unten vor Johannes! Keine späteren Examensergebnisse, keine beruflichen Erfolge haben in mir stärkere Befriedigung ausgelöst als jener Zehnmetersprung.

Diese Glücksgefühle verloren aber schnell an Tiefe, als ich den zweiten Sprung tat. Ich wollte noch einen draufsetzen, aber das hätte ich besser gelassen. Am „Sibbefuffzig" vorbeifliegend, sah ich einen Springer zum Sprung von dort ansetzen, und ich schreckte reflexartig zurück, so dass ich zwar nicht waagerecht, aber sehr schräg unten ankam. Ich hätte nicht geglaubt, dass Wasser eine solche Härte haben kann. Ich kam nur mit Mühe ans Land, alle Knochen taten mir weh, und ich legte mich still und beschämt irgendwo hin. Johannes aber sprang problemlos vom Zehnmeterbrett, ein oder zweimal oder noch öfter – war er vielleicht doch der Sieger?

Was der Rhein für uns bedeutete – oder: „Schlepperschwimmen"

Ich weiß nicht, ob andere das auch so sehen wie ich: eine „richtige" Stadt muss einen Fluss haben! Was uns Bonner der Rhein bedeutet, fühlt man am stärksten, wenn man ihn nicht hat. Wann immer ich von einer Reise zurückkomme und stoße irgendwo an den Rhein, dann bin ich fast schon wieder daheim. Sentimental? Sei's drum!

Als Kinder liebten wir den Rhein nicht so sehr gefühlsmäßig, sondern ganz praktisch. Er bot uns – und das kostenlos! – so viele, manchmal geradezu abenteuerliche Möglichkeiten. Es war schon spannend, drin zu schwimmen und von der Strömung mitgerissen zu werden, auch wenn wir nachher die ganze Strecke wieder zurücklaufen mussten. Als ich schon ein bisschen besser schwimmen konnte, mittlerweile war ich schon 14, brachte mir mein älterer Bruder das „Schlepperschwimmen" bei. So nannten wir, sprachlich nicht ganz korrekt, die waghalsige Aktion, ein Lastschiff zu entern.

Damals gab es noch nicht die klotzigen Monster, die im Schubverband heutzutage den Rhein hinauf und herab befahren. Es gab drei unterschiedliche Verfahren bzw. Techniken, Lasten auf dem Fluss zu befördern.

Manchmal bewegte sich ein Lastkahn aus eigener Kraft. Wir nannten ein solches Schiff, das von einer eigenen Schiffsschraube angetrieben wurde, treffend – wenn auch vereinfachend – „Schruuv", hochdeutsch „Schraube". Diese „Schrauben" waren für unsere Absichten ungeeignet. Die Gefahr, in den Sog der Schiffsschraube zu geraten, war zu groß. Ähnliches galt für „Raderkasten"-Schiffe, Schiffe also, die von zwei riesigen Schaufelrädern rechts und links angetrieben wurden. Die berühmten Mississippidampfer fuhren (oder fahren aus nostalgischen Gründen heute noch) mit solchem Antrieb. Auch denen gingen wir (oder besser: schwammen wir) aus dem Wege.

Das für uns bestgeeignete System war der Schlepperverband, Ein Motorschiff zog an armdicken Stahltrossen bis zu fünf Schleppkähne, wobei jeder Kahn durch ein eigenes Stahlseil mit dem Schleppschiff verbunden war.

Dieses System war für unsere Zwecke geradezu erfunden worden! Allerdings kamen für unser Vorhaben nur die „Bergschlepper" in Frage. Rheinabwärts fahrende „Talschlepper" waren erstens viel zu schnell und lagen auch zumeist zu hoch über der Wasserlinie, weil nicht so schwer beladen.

Die Technik des „Enterns" war nun folgende:
Sobald sich ein solcher Schlepperverband näherte, schwammen wir ihm vorsichtig entgegen. Vorsichtig soll heißen: dem schleppenden Motorschiff nicht zu nahe kommen, aber auch nicht zu weit weg bleiben, um nicht den ersten Schleppkahn zu verpassen. Auf diesen schwamm man dann von vorne zu, nur darauf achtend, dass man an der Bugspitze links (vom Kahn aus gesehen rechts) vorbei trieb.

Die andere Seite wäre gefährlich gewesen, denn auf dieser Seite schwangen die dicken Stahlseile, die sich manchmal lebensgefährlich aneinander rieben.

Dann ging alles rasend schnell. Die Geschwindigkeit des Schiffes und das Fließtempo des Flusses addierten sich, und während man an der Schiffswand vorbei glitt, musste man die tiefste Stelle der Ladekante erwischen. War die erreicht, hieß es, schnell und fest zupacken. Den Rest besorgte der Rhein und warf dich auf das Schiff.

Leider waren wir nicht immer gern gesehene Gäste. Es gab Schiffer, die uns sofort wieder von Bord jagten – meistens

Holländer. Hin und wieder warfen sie uns auch eigenhändig zurück ins Wasser, bevor wir überhaupt richtig Fuß gefasst hatten. Dann nahmen wir den nächsten Kahn in der Hoffnung, dort eher willkommen zu sein. Im Grunde waren diese Attacken gar nicht so schlimm, denn es war ohnehin unser Plan, von Schleppkahn zu Schleppkahn zu schwimmen.

Unangenehm war jedoch, wenn ein Kahn frisch geteert war. Die zähe Masse setzte sich an den Händen, der Brust und auf den Beinen fest und war nur schwer wieder zu entfernen.

Wenn alles klappte, fuhren wir von unserer „Basisstation" aus, der Gronau (heute: Rheinaue) bis Plittersdorf mit, manchmal auch bis Godesberg. Dann sprangen wir wieder in den Fluss und ließen uns nach Hause treiben. Einmal nur waren mein Bruder und ich zu weit mitgefahren. Erst hinter Godesberg, in Mehlem, sprangen wir wieder ins Wasser. Wir hatten geglaubt, mit dem Strom schwimmen könnten wir beliebig lange. Bald aber bemerkten wir, dass das ein Irrtum war. Die Schwimmbewegungen, die trotz der Strömung erforderlich waren, um uns über Wasser zu halten, waren kraftraubender, als wir geahnt hatten. Das war das einzige Mal, dass wir einen Talschlepper zu Hilfe nahmen. Da der aber viel zu hoch über dem Wasser lag, kletterten wir auf das Steuerruder. Das war nur möglich, weil dieses sehr große Schiffsteil nicht ein geschlossener Körper war, sondern eine Art Rahmenstruktur hatte. So konnten wir uns auf einen wassernahen Querholm setzen, über und neben uns der Rest des Ruders, das so an die zwei Meter über uns emporragte – ein riesiges Teil! Uns machte es Spaß, mit jeder Ruderbewegung mitgedreht zu werden. Aber ein bisschen unheimlich war das Ganze doch, zumindest für mich. Wir haben es auch nie wiederholt.

War es nicht toll, was der Rhein uns bot? Allerdings wurde mir mit den Jahren klar, in welche Gefahren wir uns begeben hatten. Und wenn meine Kinder noch die schiffstechnischen Möglichkeiten der damaligen Zeit gehabt hätten, ich hätte ihnen sicherlich verboten, zum „Schlepperschwimmen" zu gehen.

„Tag, Herr Breuer!"

Mai 1945 – das Artilleriefeuer aus amerikanischen Geschützen kommt immer näher, die Alliierten müssen unmittelbar vor den Toren der Stadt Bonn stehen. Die Menschen haben sich in die Luftschutzkeller verkrochen und harren der Dinge, die da kommen.
Schließlich starke Rasselgeräusche auf der Straße, die bis in den Keller zu hören sind. Die Mauern zittern von einem die Geräusche begleitenden Beben: Panzer?
Meinen Vater treibt die gespannte Erwartung nach oben, in die Parterrewohnung. Er geht ins Wohnzimmer, öffnet mit klopfendem Herzen das Fenster – und da rollt auch schon ein riesiger Panzer direkt vors Fenster. Mein Vater wäre sicherlich am liebsten weggelaufen, aber er blieb wie gebannt stehen. Der Deckel des Panzerturmes wird aufgestoßen, und mein Vater sieht den ersten GI seines Lebens: khakifarbene Uniform, einen ihm damals noch fremden Ami-Helm, und er sieht einem jungen Amerikaner in die Augen. Welchen Schrecken muss mein Vater gehabt haben! Welche Gedanken müssen ihm blitzschnell durch den Kopf geschossen sein!
Wird er mich erschießen? Verhaften? Oder mich zumindest in einer mir unverständlichen Sprache anbrüllen? Vater verfluchte seine blöde Neugierde, ohne die er jetzt sicher im Keller säße.
Er war auf alles vorbereitet – da sagt dieser amerikanische Panzergrenadier in freundlichem Ton und einwandfreiem Deutsch: „Tag, Herr Breuer!" Und meinen Vater befällt ein Gemisch aus Erschrecken, Verblüffung und Erleichterung – genau die Gefühlsverwirrung der meisten Deutschen in diesen Endtagen des Krieges. Nur, dass mein Vater das alles im Bruchteil einer Sekunde durchleben, oder besser: durchzittern musste.

Des Rätsels Lösung: der junge Soldat war in den dreißiger Jahren mit seinen jüdischen Eltern nach Amerika emigriert. Vorher hatte die Familie vier Häuser von unserem entfernt gewohnt, und der junge Mann, damals noch ein Kind, war ein Freund meines älteren Bruders gewesen und hatte deshalb wohl auch häufiger in unserer Wohnung meinen Vater gesehen.
Da sage noch einer, nur Hitchcock könne solche Geschichten erfinden. Das Leben ist eben manchmal ein Psychothriller.

Übrigens: Diese Geschichte habe ich (als einzige aller meiner Erzählungen) weder erlebt noch direkt erfahren, sondern ist mir von meinem Vater und meiner Schwester später so erzählt worden. Ich war zu diesem Zeitpunkt gar nicht in Bonn. Die folgende Geschichte wird zeigen, wo ich war.

„Our little interpreter" - „Unser kleiner Dolmetscher"

Mai 1945. Ich war in den letzten Kriegstagen mit dem Fahrrad zu meiner Mutter nach Bückeburg in Niedersachsen gefahren. Mein Vater hatte gemeint, angesichts der Unwägbarkeiten, die das bevorstehende Kriegsende mit sich bringen würde, sei es besser, Mutter nicht allein zu lassen. Sie war aufgrund nervlicher Probleme 1944 zu meiner Schwägerin gezogen, wo es, vermutlich und tatsächlich, sicherer und ruhiger war als in Bonn.

Der Vorschlag meines Vaters war richtig, denn fern der Heimat, ohne jede Nachricht, was denn im Westen, in Bonn, geschah, hätte meine Mutter vollends durchgedreht. So aber war wenigstens einer aus der Familie, der jüngste Sohn, bei ihr und gab ihr relative Sicherheit.

Der Krieg ging zu Ende, nach den Amis kamen die Engländer als „occupation army". Ich war 15 Jahre alt, und da es an Männern nur sehr alte oder kranke gab, musste ich, wie andere Jungen auch, bei den Tommies arbeiten. Ich war Herr einer kleinen Betonmischmaschine und hatte durchaus Spaß an der Arbeit, zumal ich mich – nach dreijährigem Englisch-unterricht – mit den Soldaten einigermaßen verständigen konnte. Jeden Morgen kam der Captain in einem Jeep daher; er fuhr die einzelnen Arbeitsplätze an, nur um den Arbeitern zu sagen, was jeweils zu tun sei. Mit im Jeep saß ein alter Herr, so an die 80 Jahre alt. Der übersetzte den deutschen Arbeitskräften, was der Captain gesagt hatte, oder besser: Er sollte es ihnen übersetzen. Denn trotz meiner nur dreijährigen Erfahrung mit der englischen Sprache erkannte ich sehr bald, dass der alte Herr diese Sprache nur sehr mangelhaft kannte. Die Befehle des Offiziers kamen allenfalls ungenau, meist gar nicht rüber.

Eines Morgens war es besonders schlimm. Der Captain
wünschte, wir sollten schneller arbeiten („I want you to work
faster"), und der alte Herr hatte verstanden, wir sollten „fester"
arbeiten. Der Engländer sagte dann noch etwas, was der
Dolmetscher so übersetzte: "Mr. Cross will, dass Sie Hilfe von
der britischen Armee bekommen." Tatsächlich hatte der Offizier
der Hoffnung Ausdruck gegeben, wir würden gute Helfer der
britischen Armee werden („I'm sure you will become good
assistants of the British army.")
Da hielt es mich nicht länger, ich musste korrigieren. Der
britische Offizier war ebenso amüsiert wie interessiert. Und als
dann wenige Tage später der alte Herr krank wurde, kam
morgens der Jeep vorbei, und der Captain lud mich ein, mit ihm
zu fahren und zu übersetzen. Fortan nannte er mich seinen „little
interpreter", seinen kleinen Dolmetscher. Ich war's zufrieden.
Ich hatte keine Angst vor möglichen Übersetzungsproblemen –
Folge des für mich heute unverständlichen Selbstbewusstseins,
wie es nur der Optimismus Heranwachsender herbeiführen
kann. Zudem: keine Drecksarbeit mehr, denselben Lohn für ein
Viertel des Zeitaufwandes und gute Optionen für die nächsten
Monate, wie sich in einer späteren Geschichte zeigen wird.

„Nooh Huus, nooh Huus!" -
Unsere Heimfahrt nach Bonn (Teil I)

In der Erzählung „Our little Interpreter" habe ich berichtet, dass
ich in den letzten Tagen des Krieges per Fahrrad zu meiner
Mutter nach Bückeburg gefahren war. „Mama braucht Hilfe in
dieser verworrenen Lage", hatte mein Vater gesagt und mich
überzeugt.
Wie recht er hatte! Als die Amerikaner und später die Engländer
auch bis zu uns nach Niedersachsen vorgedrungen waren, war
Mutter froh, mich bei sich zu wissen.
Das Ende des furchtbaren Krieges brachte zunächst große
Erleichterung: keine Jagdbomber mehr, keine
Flächenbombardierungen mehr. Keine Kämpfe. Schlimm war
für uns nur, dass es keinerlei Informationen gab: keine Zeitung,
kein Radio, kein Telefon, keine Post. Lebten Vater, Annemie
und Werner noch? Gab es unser Haus noch? Wie soll es mit uns
hier weitergehen?
Wir beide, vor allem ich, wollten so schnell wie möglich zurück
nach Bonn. Aber wie? Ob schon wieder Züge fuhren? Wenn ja,
auf welchen Strecken? Wir wussten es nicht und sahen auch
keine Möglichkeit, es zu erfahren.
Da ich, wie Sie oben lesen können, als „interpreter" bei den
Engländern arbeitete, setzte ich meine Hoffnungen ganz auf sie,
auf ihre regelmäßigen Fahrten in den Westen des Landes
(wie ich aus Gesprächen der Fahrer untereinander mitgekriegt
hatte).
So nahm ich allen Mut zusammen und sprach eines Tages den
Chef der Transportkompanie an, einen Captain Giles. Ich
erklärte ihm unsere Situation und unsere Sehnsucht nach Hause.
Er reagierte nicht unfreundlich, aber leider nicht konkret.

Dennoch gab ich die Hoffnung nicht auf, sondern bereitete mich auf eine mögliche LKW-Fahrt vor. Aus einer ausgebrannten Fabrik organisierte ich einen Handkarren – ein ausgeglühtes, aber durchaus noch fahrfähiges Gerät. So etwas brauchten wir, weil wir im Lauf der letzten Monate viele Dinge, vor allem Kleidung, von Bonn nach Bückeburg geschafft hatten, um sie vor möglichen Bränden oder Bomben in Sicherheit zu bringen. Und ich musste ja damit rechnen, manche Strecken zu Fuß zurückzulegen. Ich zimmerte eine große Kiste, die ich auf dem Karren befestigte, um möglichst vieles nicht schleppen zu müssen.

Mitten in diesen Vorbereitungen passierte nun Entscheidendes. Ich weiß es noch, als ob es gestern geschehen wäre. Es war ein Samstagmittag im Juli 1945.

Ich kam von der Arbeit, meine Mutter war noch bei den Essensvorbereitungen. Um die Wartezeit zu überbrücken, entschloss ich mich, noch mal nachzufragen, wie es um unsere Chancen stand, einen britischen LKW zu erwischen. Die Zentrale der Transportkompanie lag in der örtlichen Volksschule, wenige Meter von unserer Wohnung entfernt. In einen der Räume konnte ich hineinsehen, und ich hörte dort auch Stimmen. Ich ging frech hinein, obwohl alles wie eine Lagebesprechung aussah. Einige Soldaten standen um einen großen Tisch herum und diskutierten offenbar irgendeine Frage. Captain Giles war nicht dabei, wohl aber ein junger Leutnant, den ich recht gut kannte.

Ich trug ihm meine Bitte vor, von der er bis zu diesem Zeitpunkt nichts gehört hatte. Ich wusste, dass die LKWs in der Regel nach Brüssel fuhren, wo – so vermute ich – eine Art Headquarter war. Bei Duisburg, das hatte ich gehört, überquerten die LKWs den Rhein. Mein Glück war, dass der Leutnant kaum geographische Kenntnisse hatte und wohl auch keine Lust verspürte, wegen dieses kleinen Jungen die Karten zu studieren. So nahm er es mir ab, „Bonn near Cologne" liege nur wenig südlich von Duisburg. Und so passierte es! Es war so gegen 13 Uhr, als er mir sagte, wir könnten in einem LKW mitfahren, der um 15 Uhr losfahren sollte. Er erweiterte seinen freundlichen Service dadurch, dass der LKW uns an unserer Wohnung abholen und den „kleinen Umweg" über Köln/Bonn nehmen würde.

Ich war perplex und begeistert: So schnell hatte ich mir die Lösung unseres Problems nicht vorstellen können.

Ich rannte nach Hause und überfiel meine Mutter mit der Nachricht. Sie wollte gerade den Tisch decken, und in ihrer Verwirrung meinte sie. „Wir müssen aber noch zu Mittag essen." „Wir haben keine Zeit mehr, Mama, in knapp zwei Stunden müssen wir alles zusammengepackt haben!"

Faktisch musste ich alles allein machen. Mutter war so durcheinander, dass sie mehr im Wege stand, als mir zu helfen. Wieder erkannte ich, wie recht mein Vater gehabt hatte, mich zu ihr zu schicken. Allein wäre sie womöglich noch Jahre dort geblieben und hätte darauf gewartet, von uns abgeholt zu werden.

Punkt drei Uhr hupte der LKW-Fahrer vor unserer Tür. Ich schleppte alles hinunter, der Fahrer und sein Beifahrer luden alles auf. Von meiner Mutter war weit und breit nichts zu sehen. Plötzlich sah ich sie, wie sie von Haus zu Haus lief, um sich zu verabschieden. Ich musste sie geradezu zwingen, die Abschiedstour abzubrechen und auf den LKW zu steigen.

Wie erleichtert war ich, als der LKW endlich losfahren konnte! Erleichtert, aber auch angespannt: Würden uns die Engländer wirklich nach Hause fahren, bis vors Haus gar?

Gab es das Haus überhaupt noch? All diese Fragen überfielen mich jetzt noch stärker als zuvor, jetzt, wo wir kurz vor ihrer Beantwortung standen.

Und: Falls es das Haus nicht mehr gab, was dann? Noch schlimmer: Wenn es Vater und Geschwister nicht mehr gab, wo sollten wir dann hin? Erstmals spürte ich, dass ein fünfzehnjähriger Junge überfordert war, möglicherweise die ganze Zukunftsfürsorge für sich selbst und seine Mutter zu übernehmen.

Mutter plagten derartige Sorgen nicht, sie überließ alles vertrauensvoll mir. Meine liebe Mama!

„Nooh Huus, Nooh Huus!" -
Unsere Heimfahrt nach Bonn (Teil II)

Teil I endete damit, dass der englische Militär-LKW endlich losgefahren war. Zunächst verlief alles zufrieden stellend. Zwar saßen wir auf dem harten LKW-Boden nicht gerade bequem und es rumpelte und pumpelte gehörig auf den damals arg mitgenommenen Straßen. Wir fuhren über Notbrücken der verschiedenen Flüsse und Flüsschen, über provisorisch geflickte Bombenkrater auf den Straßen – aber es klappte. Bis Köln-Deutz.

Da beging der Fahrer einen für uns verhängnisvollen Fehler. Bei der Auffahrt zur Rheinbrücke hielt er an, kurbelte sein Seitenfenster herunter und rief mir lauthals zu, ich solle zu ihm kommen, weil er nicht wisse, auf welcher Rheinseite Bonn denn nun liege.

Das alarmierte die amerikanischen Brückenposten. Sie kamen nach hinten, sahen meine Mutter und mich und das ganze Gepäck und forderten uns unmissverständlich auf, sofort auszusteigen und das Gepäck abzuladen. Der Grund war, wie ich dann erfuhr, dass keine (deutschen) Zivilisten die Rheinseite wechseln durften ohne Passierschein.

Es war Samstagabend, die diesen Schein ausstellenden Leute hatten längst Feierabend gemacht, und so mussten wir in Deutz bleiben. Der englische LKW konnte natürlich nicht seine Fahrt für eine ganze Nacht unterbrechen, wobei ja nicht mal sicher war, ob es am nächsten Tag weitergehen konnte. Schweren Herzens verabschiedeten wir uns von den freundlichen Tommies, und da saßen wir nun mit all unserem Gepäck. Der Deutzer Rundbahnhof war in der Nähe, und dorthin schleppte ich unser Gepäck. In einer kleinen Seitennische fanden wir notdürftig Unterkunft.

Am nächsten Morgen war die Passierscheinstelle zwar geöffnet. Aber die Amis verlangten vor der Erteilung des Papiers eine gründliche Entlausung an allen Stellen des Körpers mit Behaarung; mir scheint es heute, dass es den Amerikanern gerade darum ging. Es waren die Jahre des ungebrochenen DDT-Glaubens, und nichts fanden sie schrecklicher als irgendwelche Schädlinge, Insekten und Ähnliches. Wie dem auch sei: Wir mussten entlaust werden. Ich sehe noch meine entsetzte Mutter, wie man ihr einen Schlauch unter den Rock schob, um irgendein pulverförmiges Mittel auszusprühen. Mich regte das verständlicherweise weit weniger auf. Ich war vielmehr in Sorge, wie wir denn nun die Reststrecke nach Bonn bewerkstelligen sollten.

Endlich wurde ich fündig. Ein Bauer aus Wesseling hatte mit seinem Pferdewagen wohl Gemüse oder Obst in die Stadt geliefert und hatte nun für seinen Rückweg seinen Wagen mit allen möglichen Dingen beladen. Eigentlich war der Wagen voll, aber ich ließ nicht locker, bis er einwilligte, uns und „ein paar Gepäckstücke" noch mitzunehmen. Als er jedoch sah, dass ich immer weiter Kisten, Koffer und Säcke heranschleppte, wurde er zusehends skeptischer. Gott-sei- Dank war er ein gutmütiger Mensch, dem wir wahrscheinlich auch ein bisschen leid taten, und so erlaubte er uns, alles aufzuladen und schließlich selbst aufzusteigen. Mutter und ich thronten hoch über der Wagenkante auf unserem Gepäck, und das brave Pferdchen trottete los.
Leider konnte ich ihn nicht bewegen, uns bis Bonn zu bringen. Zu meinem Erstaunen und zu unserer beider Freude funktionierte die „elektrische Rheinuferbahn" (wie wir sie damals nannten) schon wieder. Und als uns der freundliche Mann an einer Wesselinger Station der Bahn aussteigen und

abladen ließ, war ich erleichtert: Nun würde uns das letzte Stück unserer Odyssee auch noch gelingen.

Endlich kam die Bahn, damals noch mit Schaffner. Der staunte zwar nicht schlecht, was ich da alles anschleppte, aber er half mir nach Kräften. Das war überhaupt ein Trost in dieser schweren Zeit: die Hilfsbereitschaft und Solidarität aller Menschen, ganz anders als heute! „Not und Gefahr schweißen zusammen" – die Wahrheit dieser Redensart habe ich damals und später noch häufig erfahren und selbst aktiv bestätigen können.

Als alles verstaut war und wir unseren Platz suchten, erlebte ich die nächste freudige Überraschung. In einem Abteil saßen sechs oder sieben junge Mädchen, die ich alle kannte. Sie gehörten zur Stiftspfarre, zu „meiner Pfarre", und kamen gerade von einem Besuch ihres früheren Seelsorgers, des Kaplans Grüning, zurück, der nach Köln versetzt worden war. Das „Hallo!" auf beiden Seiten können Sie sich vorstellen. Jetzt war ich fast schon zu Hause.

Am Ellerbahnhof, zwischen Eller- und Vorgebirgsstraße, endete die Fahrt; weiter war die Streckenführung noch nicht wieder repariert worden. Aber das war nun auch egal. Ich lud, von den Mädchen unterstützt, alles Gepäck ab, Mutter setzte sich dazu, und ich lief nach Hause, um eine große Karre zu holen. Ja! Ich lief nach Hause! Denn natürlich hatten wir die Mädchen längst gefragt, ob mein Vater und Schwester und Bruder wohlauf seien und das Haus noch existiere. Selten habe ich so gern positive Antworten gehört.

Ich lief also – gehen konnte man das nicht nennen – die Vorgebirgsstraße hinunter, über den Frankenplatz, durch die Heerstraße, die Wolfstraße, die Breite Straße, und dann endlich bog ich um die Ecke in die Kölnstraße ein. Noch zwei Häuser –

und da war ich zu Hause. Können Sie sich vorstellen, was ich dachte und fühlte, nach Monaten der Ungewissheit und Angst und nach dieser Odyssee endlich vor der Tür meines Elternhauses zu stehen, von dem ich vor einer halben Stunde noch nicht einmal gewusst hatte, ob es das noch gab? Und meinen Vater zu umarmen! Wie heulten wir beide los und schämten uns unserer Tränen nicht.

Und da ging plötzlich die Wohnzimmertür auf, und mein Bruder Werner stand vor mir. Er war erst vor drei Tagen aus der Kriegsgefangenschaft entlassen worden und feierte just an diesem Sonntag mit seinen alten Freunden und Freundinnen ihr Wiedersehen. Glücklicher war ich nie zuvor gewesen, und das Gefühl, alles Schlimme sei nun vorbei, war nie mehr in meinem Leben so groß wie in diesem Augenblick.

Der Rest war nur noch Routine. Mein Bruder und ich besorgten beim Kohlenhändler Schmitz in der Breite Straße eine große Handkarre, holten Mutter und das Gepäck ab, und als wir endlich alles zu Hause hatten, erschien noch meine Schwester Annemie, die von unserer Heimkehr mittlerweile erfahren hatte und nun mit uns allen um die Wette heulte. Was für ein wunderbarer Sonntag!

Noch einmal: „interpreter"

Von Bückeburg nach Hause gekommen, erfuhr ich sehr bald, dass ich eine Lebensmittelkarte haben musste. Ohne sie konnte man weder Brot noch Fett noch Fleisch kaufen (übrigens: mit ihr auch nur sporadisch und in winzigen Mengen – aber immerhin!).

Eine solche Lebensmittelkarte aber bekam man nur, wenn man beim Arbeitsamt mit einer Arbeitsstelle gemeldet war. Heute hat das Arbeitsamt größte Probleme, Arbeitslosen Arbeit zu verschaffen. In der unmittelbaren Nachkriegszeit gab es das diametral entgegen gesetzte Problem, genügend Arbeitskräfte zu finden. Die Städte waren zerstört, eine Infrastruktur existierte nicht mehr, und die Masse der arbeitsfähigen Männer war noch in Gefangenschaft.

Also musste ich, ein fünfzehnjähriger Schüler, zum Arbeitsamt. „Beruf?'" - „Schüler" – „Und sonst?" Was sollte ich antworten? Da fiel mir der „little interpreter"-Spruch jenes Captain ein, und ich sagte frech: „Dolmetscher für Englisch!". Offenbar waren klare Berufsangaben in jenen Tagen so selten und Dolmetscher für Englisch in einem Land mit englischer und amerikanischer Besatzung so gesucht, dass ich sofort einen Job bekam.

Man stelle sich vor, ein Fünfzehnjähriger würde heute eine Anstellung als Dolmetscher suchen! Ich glaube mittlerweile, das war nicht nur die Notlage jener ersten Nachkriegsmonate, sondern auch die manchmal abenteuerliche Aufbruchstimmung, in der wir alle waren. Nach Jahren voller Ängste und tagtäglicher Lebensgefahr erlebten wir eine „neue Zeit". Eine Zeit, in der blauer Sommerhimmel nicht die Assoziation „Tiefflieger" auslöste, eine Zeit, in der die tägliche „Musik" der Alarmsirenen verstummt war – und da waren Trümmer zu beseitigen, Straßen zu reparieren, eine Wirtschaft neu aufzubauen, und da war jeder recht, der helfen konnte und wollte, auch ein fünfzehnjähriger Dolmetscher.

Das alles aber hätte nicht gereicht, mir den unverfrorenen Mut zu geben, mich als „Dolmetscher" zu bezeichnen. Da war noch etwas anderes.

Die entwicklungspsychologische Phase, in der wir Fünfzehnjährige waren, stimmte haargenau mit der soziologischen und der politischen Situation überein: Aufbruch zu Neuem, Bereitschaft, alles ohne Vorurteile anzugehen, schon gar nicht mit Selbstzweifeln und Ängstlichkeit. So wurden diese Jahre für mich und meine Altersgenossen eine Zeit des Aufbruchs, des Wagnisses zu Neuem, der geradezu euphorischen Offenheit, das Leben anzunehmen.

So wurde ich also „Dolmetscher" – ein Fünfzehnjähriger mit 3 Jahren Englischunterricht und 2 Monaten praktischer Erfahrung als „little interpreter".

Was ich als „Dolmetscher" so alles zu tun hatte

Mein Arbeitsplatz war ein Lebensmittellager in der Bonner Husarenstraße. Hier wurden Lebensmittel bereit gehalten für DPs, „Displaced Persons" – so nannte man die von den Nazis während des Krieges zur Zwangsarbeit in der Rüstung herangezogenen Menschen aus Polen, Russland und anderen osteuropäischen Staaten.

Die Arbeiten im Verpflegungslager verrichteten Deutsche, zumeist alte Männer. Ich ging täglich mit einem Lieutnant der englischen Rheinarmee von „shed" (Schuppen) zu „shed", um den deutschen Arbeitern zu sagen, was zu tun war.

Es war schon irgendwie verrückt: Ein fünfzehnjähriges Bürschchen sagt 60 oder 65 Jahre alten Männern, das „shed" müsse sauberer gehalten werden oder heute seien 10 LKWs mit je 250 Paketen rutschsicher zu beladen.

Verrückt auch in anderer Hinsicht. Ich hatte die bequemste (und die wenigste) Arbeit, erhielt aber – glaube ich – den höchsten Lohn. Und konnte am meisten schmuggeln! Wir alle klauten, was es zu klauen gab: Schokolade, Kaffee, Zigaretten. Nur: Ich brachte alles sicher durch die Kontrollen. Ich war geschickt genug, mich mit den Torwachen anzufreunden, ihnen in der Kantine auf dem Klavier englische Lieder zu spielen und ihnen geduldig zuzuhören, wenn sie über ihre Heimat, ihre Bräute oder Frauen und ihre Kinder, oft unter Tränen, erzählten.

Wenn ich dann abends durchs Tor hinaus ging, lächelten mir die Wachen zu und fragten nicht, was ich denn in meinen Taschen trug.

Meine Geschwister, die ganze Familie, meine Freunde – sie alle warteten schon darauf, was ich Gutes mitbrachte.

Eine verrückte, irgendwie unwirkliche, eine herrliche Zeit, zumindest für mich!

Wie ich einmal drei arme Polen ungewollt rutschen ließ

Wenn Sie die vorhergehende Geschichte gelesen haben, wissen Sie, dass ich 1945 als „Dolmetscher" in einem Lebensmitteldepot für „Displaced Persons" gearbeitet habe. In dieser Zeit hatte ich eine Reihe von Erlebnissen, die mir ganz neue Erfahrungen brachten: den ersten (schrecklichen) Kontakt mit Alkohol, die erste Begegnung mit einem Schwulen, einem sehr netten Sergeant, und, und, und. Eines dieser Erlebnisse möchte ich hier erzählen.

Ein „shed" war hoch angefüllt mit Kartoffeln. Leider hatten die Soldaten, die ja die Verantwortung für das Lager trugen, keine Ahnung, wie man Kartoffeln lagert, schon gar nicht in derart großen Mengen.

 Die Folge war, dass die Kartoffeln anfingen, heftig zu gären. Es entwickelte sich eine immer unerträglicher werdende Temperatur in der Halle, und der „officer on duty", der Dienst habende Offizier, fragte ausgerechnet mich, wie man diese heiße Biomasse los werden könne. Mir fiel nichts anderes ein als der Rat, Bauern der nahen Umgebung – in Rheindorf also – zu fragen, ob man dieses Zeugs auf ihre Äcker abladen könne als eine Art Dünger.

Der Offizier war froh, überhaupt einen Vorschlag zu hören und ging sofort darauf ein. Ich fürchte, er hat niemanden gefragt, sondern hat einfach entschieden; schließlich gehörte er ja zu den siegreichen Armeen - es passte zu seiner Grundeinstellung.

Für diese Arbeit wurden erstmals DPs herangezogen, weil die deutsche Stammmannschaft weder zahlen- noch kräftemäßig für diese Arbeit in der Lage gewesen wären; es waren etwa 10 Männer, alle im fortgeschrittenen Alter. Also kamen junge Polen und beluden die LKWs. Da ich ja ohnehin kaum Arbeit und mithin Zeit genug hatte, fuhr ich mit einem der LKWs mit, auch um den Fahrern Äcker zu zeigen, die meines Erachtens in Frage kamen.

Über dem Führerhaus des LKWs, in dem ich fahren durfte, prangte der Name „Old Ham", was einerseits der Name des Heimatortes des Fahrers war, andererseits aber auch so viel heißt wie „Alter Schinken" – wir würden eher sagen „Alter Knochen". Der Fahrer war ein sehr lieber, gutmütiger Mann von herkulischer Gestalt, mit dem ich mich besonders gut verstand. Ich nannte ihn einfach „Old Ham".

Wir fuhren die heißen, glitschigen Kartoffeln auf Äcker im Bonner Norden, unbekümmert darum, ob die Bauern das wollten oder nicht.

Mein „Old Ham" stand neben dem LKW, während dieser abgeladen wurde, und schwatzte mit seinen Kollegen. Ich war im Führerhaus geblieben. Wie wohl alle Jungen in diesem Alter faszinierte mich jede Art von Auto. Brennend gern hätte ich diesen LKW mal ein kleines Stück gefahren und glaubte – auch das typisch für dieses Alter - , ich könnte das technisch durchaus beherrschen. Ich hatte ja wieder und wieder beobachtet, welche Pedale und Handhebel man benutzen musste, um das Fahrzeug in Bewegung zu setzen. Ich glaubte, das Zusammenspiel von Kupplung, Gaspedal, Bremse und Gangschaltung genau zu kennen. Aber praktische Erfahrung hatte ich keine, nicht einmal in einem PKW, geschweige denn in diesem riesigen Dodge.

Als die Ladung abgeworfen war, ritt mich der Teufel, und ich fragte meinen Freund Old Ham, aus dem Acker hinausfahren und in die richtige Richtung lenken dürfe. Der gutmütige Kerl sagte tatsächlich lächelnd „yes", und ich fuhr mit heftig klopfendem Herzen los.

Als ich eine 180-Grad-Drehung versuchte, stellte sich der Wendekreis des LKWs als viel zu groß heraus. Zu meinem Unglück war das Gelände, auf dem ich kurvte, ein erweiterter

Bahnsteig der Rheinuferbahn (so hieß damals die zwischen Bonn und Köln verkehrende elektrische Bahn). Die Kante des Bahnsteigs kam bedrohlich nahe. Ich musste bremsen, andernfalls wäre ich mitsamt dem LKW und drei polnischen Arbeitern einen halben Meter tiefer auf den Gleisen gelandet. Also trat ich hart auf die Bremse und kam wenige Zentimeter vor der potentiellen Absturzstelle zum Stehen.

Im selben Augenblick krachte es gegen die Rückwand des Führerhauses, und böse Flüche folgten. Der Boden der Ladefläche war mit Blech ausgeschlagen, und die faulenden Kartoffeln hatten nach ihrer Entfernung eine schmierseifenähnliche Rutschbahn hinterlassen. Mein plötzliches Bremsen hatte die drei Polen wie Raketen nach vorne schließen lassen, und erst an der Wand zum Führerhaus hatte die Rutschpartie ein (schmerzhaftes) Ende gefunden. Damit nicht genug! Ich war so erschrocken über den mit knapper Not verhinderten Sturz auf die Gleise, dass ich aufgeregt mit Vollgas ruckartig zurücksetzte. Die drei Arbeiter traten daraufhin natürlich die Rutschreise in umgekehrter Richtung an und knallten gegen die Rückwand des Laderaumes. Sie schimpften fürchterlich. Möglicherweise glaubten sie, ich hätte das alles in böser Absicht getan, und ich hatte Angst vor ihrer Reaktion.

Old Ham hatte das alles verfolgt und war kreidebleich geworden. Er konnte mich nicht einmal beschimpfen, sondern musste mich vor den wütenden Opfern meiner Fahrkünste und ihren Rachegelüsten schützen.

Old Ham hat mich übrigens nie mehr wieder in sein Führerhaus gelassen – irgendwie verständlich, oder?

Manna vom Himmel

Weihnachten 1945/46. Der „Gabentisch" verdiente seinen
Namen kaum: Jeder hatte 2 Äpfel, ein paar Bonbons, Nüsse –
Ende! Ich bekam zwei Paar von Mutter gestrickte Strümpfe,
einen Schlafanzug – natürlich wieder von Mutter gemacht - das
war's. Immerhin gab es einen Hühnerbraten, und das auch nur,
weil wir uns im Garten ein paar dieser damals überaus
wertvollen Tierchen halten konnten.
So waren diese Weihnachtstage wenigstens einmal zwei Tage
ohne Hunger. Und schon traten unverschämte Gelüste auf. Wir
schwärmten uns gegenseitig vor, welch wunderbare Sachen es
in der Zukunft zu essen geben würde, irgendwann! Und bei
allen individuellen Unterschieden in unseren
Fressorgienvorstellungen – in einem Punkt trafen sich
überraschenderweise unsere kulinarischen Sehnsüchte:
„Rievkooche!", „Reibekuchen!" Kartoffel hatten wir zwar, aber
kein Fett. Plötzlich hatte mein Vater eine Idee: es ginge zur Not
auch mit (möglichst reinem) Bienenwachs. Und meine
Schwester Annemie erinnerte sich, dass wir von unserer (bei
einem Fliegerangriff im Dezember ´44 umgekommenen) Oma
eine Krippe geerbt hatten, deren Figuren – Maria, Josef und das
Christkind – aus Bienenwachs geformt waren.
Alle theologischen und moralischen Skrupel unterdrückend,
holte Annemie das Jesuskind herbei (die einzig ungefärbte der
drei Figuren), mein Bruder Werner setzte eine Pfanne auf den
Herd, Mutter und Vater schälten eilends ein paar Kartoffel, und
ich stand mit kaum noch zu beherrschenden Lustgefühlen
beobachtend daneben.
Dann war es so weit! Heute noch sehe ich es vor mir: Das liebe
Jesulein rutscht in der heißen Pfanne auf seinem kleinen Po hin
und her, zieht zwei, drei Diagonalen, und dann den Kartoffelteig

hinein! Wie das duftete! Wie das brutzelte! Und dann fühlten wir Nachkriegsgourmets tiefe Dankbarkeit, dass das Christkind uns unter persönlichem Einsatz seines (Wachs-)Lebens zu einer solchen Herrlichkeit verholfen hatte. Und ich dachte einen Augenblick daran, welche Dankbarkeit und Freude die Israeliten erfüllt haben mussten, als sie nach dem Auszug aus Ägypten auf dem Weg in die Heimat in ärgster Not „Manna vom Himmel" fallen sahen!

Unser Schwimmbad

Wo heute die Beethovenhalle steht, lagen bis zum Kriegsende die Universitätskliniken. Im August 1944 wurden sie wie die ganze Altstadt vollständig zerstört. Was stehen geblieben war, waren Ruinen entlang der Theaterstraße und der parallelen Wachsbleiche. In einigen Souterrainräumen gab es ein paar Notwohnungen von Arbeitern aus dem Versorgungsbereich der Kliniken, von ihnen selbst bewohnbar hergerichtet, zumindest damals als „bewohnbar" angesehen.

Zwischen den Ruinenblöcken von Theaterstraße und Wachsbleiche gab es einen Löschteich, der von beiden Straßen nicht einsehbar war. Er war noch gefüllt. Offenbar weil man angesichts der riesigen Brände gar nicht erst versucht hatte, Löscharbeiten zu starten.

Wir entdeckten diesen Teich bei unseren Streifzügen durch die Gegend. Und schon kam die Idee auf, diesen Löschteich als Schwimmbad zu nutzen. In der ganzen Stadt gab es kein intaktes Schwimmbad mehr. Der Gedanke, wir vier oder fünf Freunde könnten uns eines herrichten, faszinierte uns.

Aber auch hier galt: Vor den Erfolg haben die Götter den Schweiß gesetzt. Das Wasser war verdreckt und verfault, eine trübe Brühe, die fürchterlich stank.

Wir ließen uns nicht entmutigen. Das alte Wasser muss erst raus, das war uns allen klar – aber wie?

Einer meiner Klassenkameraden war der Sohn eines Feuerwehrmannes, und über ihn konnten wir uns einen Feuerwehrschlauch besorgen. Da der Teich mehr als 2 Meter über dem Niveau der Theaterstraße lag, war es kein großes Problem, mit Hilfe des Schlauches das Bassin zu leeren.

Eines Abends legten wir den Schlauch an, sahen, dass das Wasser abfloss und gingen zufrieden nach Hause.

Als wir am nächsten Tag, so gegen vier, fünf Uhr, zu unserer „Baustelle" kamen, sahen wir Erstaunliches. Die drei Arbeiterfamilien, die in den Notwohnungen das Souterrains wohnten, waren dabei, ihre Möbel auszuräumen. „Wat is loss, Schorch?" fragten wir. „Unsere Wohnungen sind überschwemmt, weiß der Teufel, wieso!" Wir waren die Teufel, die es nicht nur wussten, sondern es auch verursacht hatten. Aber natürlich schwiegen wir, aus guten Gründen. Unser schlechtes Gewissen beruhigten wir mit aktiver Hilfe beim Ausräumen der Möbel, dem Trocknen der Räume und schließlich dem wieder Einräumen – die Flut war mittlerweile beendet.

Dann aber gingen wir zu unserem Schwimmbad. Es war so gut wie entleert, allerdings arg schmutzig an den Wänden und auf dem Boden. Gott-sei-Dank gab es gerade die Osterferien 1946, und ich, der als einziger des Freundeskreises nicht in der Lehre war, sondern zur Schule ging, habe dann 14 Tage lang geschrubbt und geschrubbt mit einigermaßen zufrieden stellendem Ergebnis.

Jetzt kam das Hauptproblem: Wie kriegen wir das Bassin voll mit frischem Wasser? Erfindungsreich wie wir waren, fanden wir auch hier eine Lösung. Der Vater eines uns bekannten Jungen (er erhielt dann später auch eine „Schwimmerlaubnis" von uns) war Schlosser in der Klinik. Er legte uns eine perfekte Wasserleitung aus Eisenrohren vom Bassin bis zu einem Hausanschluss in einer der Ruinen, der glücklicherweise noch funktionierte.

Drei Tage und Nächte dauerte es, bis das Wasser durch die dünnen Rohre unser Bassin gefüllt hatte. Und da lag es nun: unser Schwimmbad, das einzige Schwimmbad in Bonn! Wir waren stolz und glücklich und tobten übermütig in dem kalten Wasser.

Und wir nutzten unseren Prestigeerfolg weidlich aus. Unsere Gäste waren handverlesen, vor allem achteten wir darauf, die hübschesten Mädchen unseres Viertels einzuladen, Jungen weniger. Man sieht: auch arme Schlucker können arrogant sein, sobald sie über etwas verfügen, was andere auch gerne hätten, aber eben nicht haben. Zu unserer Verteidigung sei daran erinnert, dass wir uns nie entmutigen ließen und auch hart daran gearbeitet hatten, bis es so weit war.

Als der Versorgungsinspektor der Kliniken, der ebenfalls eine Souterrainwohnung im alten Klinikbereich bewohnte (die zu unserem Glück nicht unter Wasser gesetzt worden war) sein Erstaunen äußerte, dass die Wasserrechnung der alten Gebäude überdimensional gestiegen war, stellten wir uns so dumm, wie es nur ging. Und das konnten wir gut.

Einen herrlichen Sommer lang genossen wir unsere Exklusivrechte. Dann wurden die Ruinen abgerissen, und nun konnte man von der Straße aus unseren Badebetrieb einsehen. Damit wurde unser Bad zum quasi Öffentlichen Schwimmbad, wir zogen uns zurück und überließen es „dem gemeinen Volk".

Nachwort

Wenn Paul-Josef Breuer als kleiner Junge nach der Schule nach
Hause kam und bereits im Hausflur den Geruch von Bohnen
wahrnahm, schlenderte er in die Küche und fragte seine Mutter:
„Was gibt es heute zu essen?"
„Böhnchen, mein Söhnchen," war die erste Antwort.
„Was gibt es?" fragte er wieder.
„Bohnen, mein Sohn," hieß es nun.
„Was gibt es?"
„Bunne, Du Oaß!" (Bohnen, Du Ochse!)
Dieses Spiel war Tradition im Hause Breuer und wenn es bei
uns zu Hause Bohnen gab, dann spielte es sich später genauso
ab. Vielleicht werde ich dieses Ritual eines Tages auch an meine
Kinder weitergeben und so weiter und so fort. Wenn es sie dann
immer noch gibt, dann werden sie vielleicht genauso einen
weiten Bogen um die Konditorei am Bonner Marktplatz
machen, die in dieser Anekdotensammlung eine etwas
unrühmliche Rolle spielt. Als Kind erscheint die Vergangenheit
der Erwachsenen oftmals unglaublich lange her zu sein. Die
Geschichten und Anekdoten, die Paul-Josef uns als Kinder
erzählt hat, ließ diese Vergangenheit für uns lebendig werden
und brachte sie uns näher. Es ließ uns ahnen, was es bedeutet in
Kriegszeiten aufzuwachsen. Wir bekamen ein neues, besseres
Bild von Bonn und Deutschland, dass wir so nicht kannten.
Wenn ich heute über die Kölnstraße gehe, dann stelle ich mir
vor wie es damals hier ausgesehen hat und ich denke zurück an
Paul-Josef, der dort aufwuchs. Dann wird mir klar, dass er nach
wie vor ein Teil dieser Stadt ist, so wie sie Teil seiner
Geschichten.

Robert Krämer, Juni 2010

Paul-Josef Breuer (1929-2006)
Oberstudiendirektor

In Bonn geboren, beendete nach er nach dem Abitur sein
Studium der Anglistik und Germanistik „mit Auszeichnung".
Er war zunächst als Assessor am Siegburger
Mädchengymnasium und danach am Friedrich-Ebert-
Gymnasium in Bonn tätig. Am 1. August 1967 wurde er
Schulleiter des Neusprachlichen Gymnasiums des Amtes
Menden.
1972 übernahm er die Leitung des Rhein-Sieg-Gymnasiums in
Sankt-Augustin-Ort, das er bis zu seinem Eintritt in den
Ruhestand 1994 leitete.